目次

姉妹

川村信次（かわむらしんじ）は二日おきに、体の不自由を抱えている妻を風呂に入れてやる。張りの衰えた直子（なおこ）の乳房は、湯につかると力を失ったように、ふわりと浮き上がってくる。信次はそのようすから、波間に漂うクラゲの姿を思い浮かべることがよくある。連想は、空を流れる白いちぎれ雲に結びつくときも、たまにはある。

前に一度だけ、信次が何の気もなく、クラゲのほうの連想を口にしたことがあった。いくらかことばも不自由になっている直子は、すぐにハゲと言い返してきた。つづけて直子は、信次の裸の下腹にからかうような眼を投げて、シラガジジイと追討ちをかけてきた。信次は、白いちぎれ雲のほうにしとけばよかった、と悔みながら笑った。

実際のところ、齢を取ってからのあれこれのなりゆきは、ただ笑ってしまうしかない、と信次は思うのだ。

六十五になっている信次の、丸刈り頭の前半部には、もはや一本の毛も残っていない。陰毛には白いものがまじっている。三歳下の直子のほうは、半身不随の身にはなったけれども、髪と下のほうだけはまだ黒々としていて、白毛なんかどこにも見当たらない。

それでも、乳房は湯の中でぷかりと浮いてしまう。おっぱいがそんなふうに湯に浮かぶものだなんてことは、信次はちらとも思っていなかった。直子の入浴の世話をするようになるまでは、夫婦で一緒に風呂に入ることは、もう何十年もの間なくなっていたのだ。直子の大きな乳房が、湯の中で頼りなさそうに浮いているのを初めて眼にしたときは、信次は何か、信じられない発見をしたような気がした。面白いような、でも、どこかうら哀しくもなるような発見だった。

思えば四十年前のことになる。信次は見合いの席で初めて顔を合わせた直子に、強く気を引かれた。直子が豊満な胸の持主であることは、服を着ている姿からでもはっきりと見て取れた。そこに窮屈（きゅうくつ）そうに閉じ込められている見事な乳房を、信次は自分のものにしたい、と思ったのだった。その思いは、直子との結婚を決めた気持ちの、半分以上を占めていたかもしれない、と信次は思う。

そして望みどおりに手に入れた魅惑のおっぱいは、信次を大いによろこばせてくれた。長いこと信次は、そのよろこびに倦（あ）きることがなかった。

そんな大のお気に入りだった乳房が、齢とともに少しずつ垂れてくるだけではすまずに、遂にはクラゲに変身しているのだ。考えもしなかったことはそれだけじゃない。体の老化に病気は付き物と承知はしていたけれども、脳出血で不自由な体になった直子の世話に明け暮れる日々が、自分の身に到来するなんてことも、信次にはまったく予想外の事態だった。なぜだか信次は、病気になって世話を受けるのは自分のほうになるだろう、と理由もなく思い込んでいたのだ。

信次も直子も、新潟の農家の出だった。二人が生まれ育った村は、隣り同士になる。

　次男坊だった信次は、地元の工業高校を出ると、そのまま東京の自動車メーカーに就職して、定年まで製造現場で働きつづけた。熔接の技は名人級と言われた自動車工だった。直子も地元の商業高校を出て、土地の信用金庫に勤めていた。

　直子が信次との縁談に乗ったのは、半分は東京の生活に憧れていたからだった。結婚して六、七年が過ぎたころに、何かの話から、本人が信次にそういうことをポロッともらしたのだ。それで信次もお返しのようなつもりで、自分も半分は、直子のおっぱいが欲しくて結婚する気になったんだ、と打ち明けた。

　おっぱい目当ての男と、都会暮らし目当ての女との結婚生活は、順調に進んだ。二人とも飾り気のない質だから、互いに言いたいことはそのまま口に出す。喧嘩もよくするけれど、長つづきはしない。冷戦にもならない。信次は温和な性格だから、勝気なところのある直子とうまく釣合いが取れている。

　結婚一年後には長女の美穂子が生まれ、その三年後に長男の賢一がつづいた。子供はそれで打ち止めにして、美穂子が中学に上がると、直子は自分から言い出して、住んでいる立川市の建設会社の経理事務員として働きはじめた。そして、その会社もあと四カ月で定年になるというときに、直子は脳出血を起こして倒れたのだ。

突然の発病だった。それまでは夫婦そろって病気にはまったく縁がなかった。健康保険証を使ったのは、歯医者ぐらいのものだった。二人とも日本酒が好きで、強くもあったから、家でもよく飲んでいたし、たばこもそろって吸っていたんだから、直子が倒れても不思議じゃないか、というのは後になってから信次が思ったことだった。

直子は結局、三回の転院を重ねて一年八カ月の入院生活を送り、半年前に自宅療養、通院加療というところに落着いた。言語障害は割合い軽くですんだけれども、右半身の麻痺（まひ）はリハビリをつづけても回復しないままだった。自力では一歩も歩けない。夫婦二人だけで住んでいる小さい家は、どこも狭くて中では車椅子が使えない。三十年前に買ったままの、建売りの家なのだ。

直子はおむつも尿瓶（しびん）もおまるも使いたがらないから、そのたびに信次が抱きかかえてトイレに連れていく。そんなときに信次はいつも、できることならお姫さま抱っこというやつをしてやりたい、と思う。けれどもそれは、何回も挑戦してみて、無理とわかっている。腕の力が衰えてしまっているのだ。

だから、悔しい、情けないと思いながら、立たせて向き合った直子の、背中と尻に腕を巻きつけて抱え上げ、反り身になって運んでいく。

小柄だけれども、痩せ細っているわけじゃない直子を、そうやって日に何回かトイレに連れていくのも、信次の齢では楽じゃない。特に腰にかかる負担が大きい。どっちみち、女房を抱くには腰が物を言うってことか、と信次はジョークで自分を慰めている。

それより何より、いちばん困ったのは、食事の支度だった。信次は生まれてこのかた、台所に立って包丁をにぎったことは一度もない、という男だった。直子が入院している間は、病院の行き帰りに外食をするか、コンビニの弁当ですませるかだった。それでも別に、不自由も不足も感じなかった。しかし、直子と二人となると、そうはいかない。

病気を抱えた直子は、医者から減塩食とカロリー制限を厳命されている。飯は電気釜が炊いてくれる。味噌汁はインスタントのもので間に合わせる、という手はあった。けれども、おかずはスーパーで買う惣菜だけで、というわけにはいかない。品数には限りがあるし、売り物の惣菜は味が濃いから、直子の体に悪い。

子供たちに助けを求めるのもむつかしい。美穂子は大学時代に恋仲になった男と結婚して、いまは沖縄に住んでいる。相手がパイナップル農園の跡取り息子だったのだ。賢一は大学には進まずに、自分から志願して日本料理の板前になったけれども、これもいまはアメリカに家族で住んでいる。ヒューストンの日本食のレストランの板長を務めているのだ。折角(せっかく)の料理のプロの息子に、手を貸してもらえないというのも、信次には宝の持ち腐れみたいで、皮肉な気がするのだった。

それで信次は覚悟を決めた。病院の栄養士に指導を受けて、食品のカロリー値を図表にしたものなんかももらって、口の不自由な直子の下知(げち)に従いながら、食事作りをはじめた。テレビの料理番組も、メモを取りながら熱心に見るようになった。けれどもそれは、生まれて初めて子供がクレヨンを手にして絵を描くのに似ていた。勝手のわからないことだらけなのだ。熱意は必ず実を結ぶとは限らない。直子と相談して決める献立ては、それなりにととのうのだけれども、仕上がってみると、作った当人がとても食えたものじゃない、と思うようなものになっているのだった。

そして直子も、十日とたたないうちに、信次の炊事の才能に絶望し、悲惨な食生活に音をあげた。煮炊きをしなくてすむ刺身、焼き魚、冷やっこ、生野菜、レトルト食品といったものなんかを主流とする食事が、少しずつ増えていった。

そこに現われた思いがけない救いの神が、直子の妹の好子だった。退院した姉のようすを見にきた好子が、事情を知って自分から、信次たちの食事の世話を買って出てくれたのだ。直子の自宅療養がはじまって、半月余りが過ぎたころのことだった。

直子とは三歳違いの好子は、郷里の新潟で観光バスの運転手をしていた夫を、一年前にガンで亡くしていた。ひとりっ子だった息子も、高校生のときにバイクの事故を起して、命を失っている。独り身になった好子はすっかり気落ちしたとみえて、長年勤めていた衣料品専門のスーパーもやめて、蓄えを取りくずしながら、家に引きこもりがちの日を送っている、という話だった。

好子は、しばらく新潟を離れて、他の土地で暮らしてみたいと思っていたのだ、と言った。姉さんたちと一緒にいて、食事の世話をしていれば、自分も気が晴れそうだし、その間に義兄（にい）さんに炊事を教えていけば、先々の心配もなくなるんじゃないか、とも好子は言った。

直子は地獄に仏といった感じで、妹の話にとびついた。信次は、そこまで義妹に甘えるのは気が引けた。けれども、渡りに船という思いには勝てなくて、結局は信次も、折角の義妹のこの上ない厚意に、ありがたくすがることにしたのだった。

好子は直子と対照的に、性格がおとなしくて、物の言い方にもやさしいところがある。そのせいか、二人は兄弟姉妹の中でも、特に馬が合っていた。好子が同居するようになってから、直子は明るい顔を見せることが多くなった。

信次もいくらも日がたたないうちに、好子と打ち解けることができて、同居に馴れた。ただ、炊事を習う上では、信次は出来の悪い生徒だった。好子に教わるようになって半年近くがたついまも、信次がなんとか作れるのは、豆腐とワカメの味噌汁ぐらいのものなのだ。そのせめてもの埋め合せのつもりで、家の中と小さな庭の掃除と洗濯仕事だけは、好子の手をわずらわさないように、こまめにつづけている。信次としては、下着以外の物なら好子の着る物の洗濯だって引き受けたいところなのだが、それは断わられてしまった。

直子が倒れたときから、信次は自分も一緒に、酒とたばこをやめていた。健康のことだけじゃなくて、直子の回復を祈る願掛けの気持ちからでもあった。それが、好子がきてしばらくしてから、酒だけが復活した。直子と同じで、好子も日本酒が好きだとわかったことから、毎日それぞれ一合ずつの晩酌を楽しむ習慣が生まれたのだ。直子も医者の許しをもらって、五勺の酒で楽しそうにその晩酌に加わっている。

それやこれやで、好子がきてくれてから、直子が明るくなっただけじゃなくて、家の中の空気もどこか軽くなった、と信次は思っている。けれども、具合の悪いことがひとつだけあった。直子を風呂に入れてやるときなのだ。

風呂場には入浴介護用の、肘かけと背もたれの付いた、パイプ製の椅子が用意してある。それでも半身の自由がきかない直子は、ひとりでうまく椅子に坐っているのがむつかしい。支えていてやらないと体のバランスが保てずに、ころげ落ちそうになるのだ。だから信次も、直子のそばを離れて、脱衣場で裸になるのは気が気でない。それで、はじめから二人とも丸裸になって、信次が直子を抱きかかえて、ベッドから風呂場の椅子まで運ぶ、というやり方をつづけていたのだ。

それがいまは、好子の手前があって、信次もフリチンで直子を風呂場に連れていく、というわけにいかない。パンツ一丁ならいいだろうと思ったら、それにも問題があった。直子を椅子に坐らせておいて、片手で体を支えてやったままでパンツを脱ごうとしたら、片足立ちになった信次のほうがよろけて、ひやりとしたことが何回かあったのだ。下手をしたら、二人とも洗い場のタイルの床に倒れ込まないとも限らない。

いまは信次は、まず自分が脱衣場で着ている物を脱いで、裸の腰にバスタオルを巻き付けてから、直子のベッドのところに行くことにしている。それなら直子を洗い場の椅子に坐らせる前に、脱衣場でバスタオルをはずせばすむ。直子を抱きかかえたままでも、バスタオルなら片手だけで簡単にはずせる。

好子は世話好きだから、信次が脱衣場で裸になるのに合わせて、ベッドの上で直子のパジャマと下着を脱がしてくれる。裸にされた直子を、信次はバスタオル一枚の姿で運んでいって、脱衣場のドアをしっかり閉めてから、一息つくような気分で腰のタオルを取る。

それでも油断はできない。信次は一度だけ、好子にフリチンの姿を見られてしまったことがあるのだ。ベッドから下ろして立たせた直子をかかえあげようとしたはずみに、頼りのバスタオルがほどけて、ハラリと足元に落ちてしまったのだ。それを見て、直子がケラケラと笑った。好子もつられたようにクスッと笑った。しかも好子はおどろいたことに、けろりとしたようすでバスタオルを拾いあげて、横から信次の腰に巻いてくれようとまでしたのだ。

それで信次は、ますますうろたえた。直子を抱き支えてるから、両手はふさがってる。咄嗟(とっさ)にはどうにもならない。好子にバスタオルを巻き付けてもらうとなれば、直子から少し体を離して、間をあけなきゃならん。そんなことをしたら、自分のあそこがモロに好子の眼にさらされちまうじゃないか——。

うろたえきった頭でそんなことを考えた信次は、とにかく好子の前から逃げるのが先という気持ちにかられて、フリチンのまま直子の背中と尻をかかえて風呂場に急いだ。

そんなことがあってから、直子を風呂に入れてやるときになると、いつも信次はなんとなく好子のことを気にするようになっているのだった。直子を風呂場に連れていくときと、上がってベッドに戻してやるときに、夫婦が裸の胸を合わせて抱き合う姿になるのを、好子に見られるのが照れ臭くてならないのだ。恥ずかしさもある。それだけは、いつまでたっても慣れっこになれない。

好子のほうは、そんなことを気にするようすもなく、そのたびに直子を裸にしてくれたり、湯から上がれば下着をはかせ、パジャマを着せ、洗った髪にドライヤーを当てたりして、かいがいしく世話をしてくれる。だから信次も、好子にその場をちょっとはずしてくれ、とは言いにくい。

　もっとも、そのことでは信次は、好子が同居する前の元々から、直子に対してもなんとはないバツの悪さを感じていたのだ。考えてみれば、夫婦がいまになって、二日おきに裸で抱き合うなんてことは、直子が病気にやられていなければ、まずありえなかったはずだ。だから信次は、そろって裸になって直子を風呂に連れていくのが、いまだに照れ臭いし、ちょっとは欲情もくすぐられる。それもあって、余計に好子の眼が気になるのかもしれない、とも思う。

　二人の夜の営みは、直子が倒れて以来、途絶えている。半身不随の女房にそんなことを求めるのは、酷な話だと思って、信次はあきらめているのだ。直子も自分の体のことを考えれば、そんな気にもなれないのだろう。そうでなくても、そちらのほうは、直子が倒れる六年ばかり前になるあるときを境に、がくんと数が減っていたのだ。そうなった原因を作ったのは自分のほうだと思って、当時の信次は反省していた。

ある日に直子が珍しく、なんだかお腹が少し痛いと言い出したので、信次はいつもの冗談のつもりで、腹の何段目あたりが痛いのか、と余計なことを付け足して訊いたのだ。すると直子は、何も言い返さないで、白い眼で信次をにらみつけた。そのころの直子は、たしかに小肥りではあったけれども、三段腹になっているわけじゃなかった。

しかし直子は、それからダイエットに取り組んで、一年がかりで七キロの体重を減らした。そしてその間、信次の夜の求めは拒否されつづけた。ようやく直子のお許しが出て、一年後には夫婦の性生活は復活したのだけれども、前にくらべると回数が目立って落ちた。おたがいの年齢のせいだけとは言えなかった。七キロの贅肉を落とした分だけ、直子の肌の張りが余計に失われてしまって、ほんとに身勝手だと自分で思いながら、信次は以前ほどの熱意を取り戻せなかったのだ。

それなのに、入院生活を終えて帰ってきた直子を、はじめて風呂に入れてやったときは、信次はおかしな具合に気持ちが浮き立った。長い間眼にすることのなかった直子の裸の体が、妙に懐しかった。いとおしい気もした。裸の胸をくっつけ合って、直子を風呂場に運んだときは、ちょっとだけ一物がさわぎかけた。直子の乳房が、ぷかりと湯に浮いたところが初めて眼に止まったときも、もの哀しい気持ちに包まれながら、不自由な体になった女房にやさしくしてやらなきゃ、とあらためてしみじみと思った。

　直子が手と口を使って、信次の情欲を鎮めてくれたのも、初めて風呂に入れてやったときのことだった。一旦は、さわぎかけただけでおとなしくなっていた一物が、直子の体を洗ってやっているうちに、今度は本格的に勢いづいてしまったのだ。それも、長い間の不自由を忍んできたせいか、えらく元気がよかった。

　まあ、無理もない状況ではあった。直子を立ち上がらせたり椅子に坐らせたりして、髪から体から隈(くま)なく洗ってやるのだから、信次の手は絶えず、直子の体のあっちこっちをさわることになる。直子だって隠し所と尻の穴ぐらいは、自由のきく自分の左手で洗えるはずだった。けれども信次は、初めての入浴の世話だったし、直子をいたわる気持ちにもなっていたので、そんなところまで進んで念入りに洗ってやったのだ。直子もそこは自分で洗う、とは言わなかった。それが引鉄になって、信次の一物はあっというまに勇ましい姿になったわけだった。そして、それを眼にした直子が、泣き笑いのような顔を見せて、すぐに信次のものに手を伸ばしてきたのだ。

「あんたもかわいそう。こんな厄介な奥さんをかかえちゃって。ごめんね」

直子はそう言うと、そのまま手でにぎっているものに唇をかぶせてきた。

それから半年が過ぎたいまも、信次は変わらずに、風呂で直子の体の隅々まで全部洗ってやっている。直子も黙って信次に任せきっている。まるでそうやって、夫婦のスキンシップを味わっているようなようすも、直子にはある。だからいまだに、信次の欲望が形になって現われることも、たまに起きる。

そのたびに直子は、手と口で片をつけてやろう、という構えを見せる。それは信次も大歓迎なんだけれども、同じ屋根の下に好子がいるんだと思えば、やっぱり憚る気持ちが邪魔をして、そんなことを直子にしてもらう気分にはなれない。直子のほうは相手が妹だからなのか、そんなことを気にすることはないのに、と言って笑う。それでも信次のこだわりは消えないので、直子の折角の思いやりも、よだれをたらしながら辞退している。

「今年も定期便がきたみたい……」

しまい風呂から上がってきた好子が、直子のベッドの横の畳の床にぺたりと坐って、だしぬけに言った。

「なに、定期便て？」

直子がテレビから眼をはずして、好子に顔を向ける。直子は、斜めに起した介護ベッドに背中をもたせかけている。信次もベッドのすぐ横の壁際の椅子に坐って、直子と一緒にテレビを見ているところだった。

「あたし、いつもいまごろになると、背中とか腰とか、あっちこっちが張ってくるのよ。秋がだめなの。冬になると治るんだけどね」

「夏の疲れが出てきたんじゃないの。今年の暑さは特別だったもん」

「それもあるかもしれないけど、やっぱり齢のせいだと思う。こんなになったのは二年ばかり前からだから」

「まあね。好子も六十になるわけだもんね」

やたらに長くつづいた残暑がようやく遠のいて、日によっては朝夕に、うっすらと肌寒さを感じることもある季節になっている。

「今年は特に、好子さんは疲れがたまったんじゃないかなあ。うちの台所仕事をしてもらったから……」

姉妹のやりとりを黙って聞いていた信次は、ベッドごしに好子に声をかけた。知らん顔をしていられない気持ちから出たことばだったけれども、それはとんだ藪蛇（やぶへび）だった。

「そう思うんだったら、あんた好子にマッサージしてやってよ。体を揉（も）むの、上手じゃない。毎日あたしにマッサージしてくれてるから」

直子が間髪を入れず、といったタイミングで、そう言ったのだ。

「えっ？　ああ、それはまあ……」

うろたえた信次は、ことばに詰まった。思ってもいなかったところから、いきなり矢が飛んできた気がした。

「そんな……。いいよ、悪いから」

好子は遠慮のようすを見せている。

「新潟にいるときは、鍼(はり)とかマッサージの治療に通ってたの？」

「そんなにひどくはなかったから、毎晩うちの人に頼んで、肩とか背中とか脚とか、揉んだり指圧みたいに圧(お)したりしてもらってた。それで間に合ってたのよ」

「じゃあ、この人にやってもらうといいよ。遠慮することはないよ。好子には世話をかけてるんだから」

「そう？　いいのかなあ……」

「おれでよかったら、やってあげるけど……」

信次は仕方がないと思った。逃げられる雰囲気じゃない、という感じになっていたのだ。

「だったら折角だから、甘えちゃおうかな。にいさんを借りるよ、直ちゃん」

「いいよ。どんどん使って。いつでも貸してあげるから」

不自由な口で言って、直子は笑っている。えらいことになった、と内心でぼやきながら、信次はベッドの足元をまわって、好子のそばに行った。好子にマッサージをしてやるのが面倒だ、というのではなかった。直子の前で、好子の体のあちこちに手を当てることになるのが、なんだか具合が悪い気がして落着かないのだ。しかも、湯上がりの好子は、パジャマ姿のままだった。

「ごめんね、にいさん」

「いいんだよ、気にしなくても。どこからはじめる？」

「最初に背中を圧してほしいの」

言いながら、好子はさっさと自分で畳の上にうつ伏せになって、体を伸ばす。白地にグレイの細い縞が入ったパジャマの、上着の裾が少しめくれて、好子の脇腹の白い素肌がのぞいている。好子は気付いていないのだろう。信次はそっとそれを直してやって、好子の横に膝で立つ。

その背中は、パンパンに張っている。これじゃ辛いだろう、と信次は思う。背骨の両側に沿っている筋を、肩口から腰のほうへと移りながら、手の手首に近いところを使って、信次は隙間なく圧していく。好子の肌の温もりと手ざわりが、コットン地のパジャマを通して手に伝わってくる。信次はなんだか、好子の肌に直にさわっているような気になってしまう。妙なことになったもんだと思う一方では、どうせなら義妹の体の手ざわりを、こっそり愉しんでやれ、といった開き直りも湧いてきそうで、どうにも落着かない。事の張本人の、直子を恨みたくなる。

「にいさん、ほんとに上手ね。気持ちいい」

畳の上で重ねた腕に頬をあずけて、眼を閉じている好子が、深い息を吐く。

「圧し加減は、こんなもんでいいのかな？」

「もう少し強いほうがいいかも……」

そのやりとりを聞いた直子が、テレビから眼を離して、畳の上の二人を見た。

「あんた、好子の腰に馬乗りになったほうがいいよ。そのほうが力が入るし、あんたもやりやすいんじゃないの。そんな横からじゃ、力が中途半端で物足りないよ。ねえ、好子」

「そうね。そうしてもらおうかな。にいさんもそのほうが楽だろうし……」

何も気にしていない、といった口ぶりで、好子が賛成した。言われなくても、そのほうが楽なのは、信次ははじめからわかっていた。直子の背中や腰を圧してやるときは、いつもそうしているのだ。だけど、いくらマッサージのためといっても、義妹の腰にまたがるのは、なんかアブない姿勢じゃないか。好子だってそう思うだろう。まして、おれのほうもパジャマのままの格好なんだから——そう思って信次は遠慮していたのだ。けども、好子がいいというのならかまうことはない。

「それじゃあちょっと失礼して、またがらせてもらうよ」

信次は構えを変えた。信次の両方の太股（ふともも）の内側に、好子の腰の側面が軽く当たる。それを避けようとして、畳に突いた膝を好子の腰から離すと、姿勢がゆるんで圧す手に力が入りにくい。しかも、うっかりすると、浮かせている尻が下がって、好子の腰に着きそうになる。どっちにしても、きわどい感じは消えない。好子のほうは、信次のどこに体が当たろうがくっつこうが、一切平気といったようすで、ああ、効く、気持ちがいい、を連発している。そのたびに信次は、人の気も知らないで、と胸の中でぼやく。

テレビから、〈泣けた、泣けた……〉という文句の、古い歌謡曲が流れてくる。信次は画面に眼をやる。いま売れっ子の、氷川きよしが、のびやかな高声で気持ちよさそうに歌っている。二時間の懐メロ番組だ。これはたしか、春日八郎が歌ってヒットした、〈別れの一本杉〉とかって題名の曲じゃなかったか、と信次はぼんやり考える。

そろそろ腰を、と好子に言われて、信次は膝でいざって後ろにさがる。膝は好子の尻をまたぐことになる。大きな尻の横のところが、二人のパジャマごしに、信次の太股の内側に当たる。腰を揉む手の指先には、好子のやわらかい脇腹が触れてくる。

「ねえ、好子。知ってる?　お尻のてっぺんのところをグリグリ揉んでもらうと、すごく気持ちがいいんだよ」

テレビに眼を向けたままで、直子が言う。信次はドキリとする。

「知ってる。うちの人によくやってもらってたから。お尻ってあんまり気が付かないでいるけど、意外に凝ってるんだよね」

「やってもらえば？　お尻も」

「ええっ。だって、恥ずかしいよ」

「なに言ってんの。恥ずかしがる齢？」

「そうだよね。じゃあ、厚かましくお願いしようかな。しなびたお尻で悪いけど」

「それからね、お乳と首の間のところも、グーッと圧してもらうと、体が軽くなるから、そこもやってもらうといいよ。鎖骨の下のところにツボがあるから。圧してやってね、あんた」

「そこは知らなかった。試してみたい。すいませんね、にいさん。注文が増えて……」

好子がサラリと言った。胸のほうはいくらなんでも、好子が辞退するんじゃないか、という信次の期待はあっさりはずれた。直子も満足そうな顔で、テレビを見ている。

「大丈夫。気にしなくていいから」

信次はノーと言えなかった。断われば、自分が感じているいまのきわどい気持ちを見抜かれて、いやらしいと言われそうな気がするのだ。平気な顔をしているしかない、と自分に言い聞かせながら、信次はふと、直子と好子は姉妹でワルノリして、おれをからかってるんじゃないか、と疑いたくなった。テレビでは森進一が、〈泣くな妹よ、妹よ泣くな〉と歌いはじめていた。〈人生の並木路〉という古い歌だった。職場の先輩のカラオケの持ち歌だったから、信次もなんとなく、その曲を覚えていた。

「あたし、新潟に帰ることを考えると、なんか気が重くなるのよね。これから冬になって、雪の日ばっかりがつづくところで、ひとりで暮らすのかと思うと、心が暗くなるよ」

好子が、独り言のような口ぶりで、そんなことをポツリと言う。ちょうど信次が促されて、好子の尻を揉みはじめたときだった。

「別に、帰らなくてもいいじゃない。ずっとここにいればいいんだから。好子がいてくれると、あたしたちも大助かりだよ。うちの人に炊事を任せられるようになる見込みはなさそうだし……」

直子が好子のほうに、うれしそうな顔を向けている。

「ああ、それはいいな。こっちから頼みたいくらいだよ。助かる、助かる」

信次は両手の付け根のところを、好子の左右の尻の丸みの頂点に押し当てて、揉み回すようにしながら相槌を打った。好子のやわらかい尻の肉が、パジャマを小さく波打たせながら、ゆらゆらと揺れている。

「二人にそう言ってもらうと、うれしい。あたし、前から思ってたのよ。この家は居心地がいいから、新潟には帰りたくないなって」

「帰ることないよ、好子。離れてるとおたがいに心配だしさ。あたしもこんな体だから、好子がいてくれれば心強いよ。体が凝ったら、あんたも毎日うちの人に揉んでもらえばいいんだから。年寄り三人で仲よく助け合って、一緒に暮らしていこうよ」

「マッサージぐらい、どうってことないさ。食事の世話をしてもらってるのにくらべたら、そんなもんじゃ間に合わないくらいだよ」

信次の声も、思わずはずんでいた。好子が一緒にいてくれれば、直子の気が晴れることが多いし、自分は炊事仕事を覚えなくてもすむ、と思ったのだ。

「だったらあたし、思い切って新潟を引き払ってしまおうかな。ここだと淋(さみ)しい思いも、心細い思いもしなくてすむもんね」

「淋しさと心細さは、体に毒だよ、好子さん」

「じゃあ、これで決まりね、好子」

直子が締めくくるように言った。信次も何の問題もないと思って、それがいいよ、と言った。好子は、ホッとしたような声で、礼のことばを口にした。

ところがその後に、信次にとっては思いもよらない大問題が控えていたのだった。

マッサージがすんでしばらくしてから、好子はおやすみなさいと言って、二階にひきあげていった。前は美穂子が使っていた二階の六畳間で、好子は寝起きしている。信次は直子のベッドの横に、マットと布団を敷いて寝る。

「あたし、あんたにぜひ頼みたいことがあるの」

直子がそう言ったのは、寝る支度をすませた信次が、布団に尻を落としたときだった。

「なんだい、改まって……」

信次は布団の上に坐ったままで、ベッドの直子に眼をやった。枕に頭をつけた直子は、天井に視線を泳がせている。明りは直子の枕元のスタンドだけにしてあるから、部屋はほの暗い。

「あんた、体が淋しいよね。あたしがこんなふうだから、セックスしたくてもできないし」

「何を言い出すのかと思ったら、そんなことか。気にするな。そっちのほうは、おれはもうとっくに諦(あきら)めてるよ」

信次は笑った。直子は首を横に振る。

「諦めなくてもいいよ。あたしが好子にちゃんと頼んだから」

「おい、ちょっと待てよ。好子さんに頼んだって、おまえ……」

信次はとびあがりそうになった。まさかと思って、途中でことばを呑み込んだ。

直子は真顔のままで、天井を見ている。

「あたしの代わりに、あんたの相手をしてやってほしいんだって頼んだら、好子は承知してくれたの。あたしがそう言うんなら、自分は独り者だからかまわないって……」

「おまえたちは、どういう姉妹なんだ。呆(あき)れたな。そんなこと頼むおまえも、引き受ける好子さんも、どうかしてるぞ。いつ、そんな話をしたんだ?」

「しばらく前からしてたのよ。あんたがスーパーに買い物に出かけてるときに。どうかしてたってかまわないじゃない。他人に頼んだわけじゃないんだから。あたしはそうしてほしいのよ。あたしに付きっきりで、外で浮気するひまもないあんたが、あたしはかわいそうでしょうがないの。女房のあたしがそう言ってまとめた話なんだから、あんたが遠慮することはないんだよ」

直子は顔を横にして、信次に眼を投げてきた。穏やかなほほえみが、その顔に浮かんでいる。信次は唸り声をあげて、両手で乱暴に顔をこすった。狐につままれたというのは、こんな気分を言うのだろうか、と信次は思う。

「遠慮するとかしないとかって、そんな話じゃないだろうが、これは。おまえのそういう思いやりは、そりゃありがたい限りだけどさ」

「いいから、ほら、いまから二階に行って、好子を抱いてきてよ」

「ムチャだよ、そんな……」

「好子が相手じゃ、気が進まないわけ？」

「そんなことはないさ。だけど、それではおことばに甘えてってわけにいくか？」

「おことばに甘えてでいいんだってば。好子はそのつもりで、待ってるんだから。さっきのマッサージもそのためだったんだよ」

「そのためって、どういうことだよ？」

「前もってあんたが、好子の体をさわるのに少しでも馴れてたほうがいいんじゃないかって、二人で打合わせてたの。いきなりだと、あんたも余計に、具合の悪い思いをするだろうからって……」

直子は笑い声をもらした。道理で、と信次はいまになって納得した。好子にマッサージをしてやっているときに、姉と妹がワルノリしてるように見えたのは、やっぱり当たってたんだ、と思った。すると、信次の手には、パジャマごしに伝わってきた好子の、やわらかい尻や脚の感触が、生々しく甦(よみがえ)ってきた。

「用意がいいのも、事によりけりだぞ、まったく。どうかしてるよ、おまえたち姉妹は」

「どうもしてないよ。融通がきくだけなんだから。好子だってよろこんでるんだよ。あんたは初耳だっただろうけど、好子はあたしが、あんたの相手をしてやってって頼んで承知したときにはもう、新潟を引き払うって言ってくれたのよ。好子もまだ六十だもん。たまには男の人にギュッと抱かれたいって思うときがあるんだよ」

直子は真顔に戻っている。信次の心は迷いはじめた。

「おまえはそれで、平気なのか？　無理してるんだろう」

「それが不思議なんだけど、平気なの。でなきゃそんなこと、好子に頼まないよ。無理どころか、肩の荷がおろせる気がするのよ。だって、あたしはこんな体になって、セックスどころじゃないし、その気も起きなくなってるけど、あんたはまだ男だもん。あんたにお風呂で体を洗ってもらうときは、あたしはいつも甘えてるみたいな気分になって、うれしくて、それだけであっちのほうも気がすんじゃうんだけど、あんたはときどきお風呂でチンチンが固くなるじゃない。だからあたしが、手と口でしてあげようとすると、あんたは好子を気にして我慢するんだよね。だから、それだったら、好子にあたしの代わりをしてもらえばいいって、思いついたのよ。そうなったからって、あんたとあたしの夫婦の縁が切れちゃうわけじゃないんだもん。なんの変わりもないんだよ。そう思わない？　三人で仲よくやっていこうよ」

「三人で仲よくは、おれも大賛成だよ。だけど、世の中には決まりってもんがあるんだから。ひとつの家の中で、女房の妹とそういうことをするってのはなあ……」

「世の中の決まりをちゃんと守って、六十何年生きてきたんだから、もうそんなの無視すればいいんだよ。人に迷惑かけるわけじゃないんだからね。そんなことより、あたしと好子に赤恥かかせたくなかったら、黙って二階に行って。ほら、早く」

言われて信次はつい、ふらふらと立ちあがった。心は迷ったままだったけれども、立ちあがった以上は、好子の部屋に行くしかないような気もした。

「おまえ、トイレは大丈夫か？」

「ついさっき連れてってもらったばっかりじゃないの。三、四時間は大丈夫。気にしないでゆっくりしておいで」

直子はなめらかに笑っている。三、四時間なんてかからない、と信次は言いそうになって、あわてて口を閉じる。代わりの科白(せりふ)は見つからない。信次は自分がよろこんでいるのか、呆れ返っているのかわからない気分のままで、黙って部屋を出た。なぜだか気がつくと、足音を殺して階段を上がっていた。

好子の部屋も、枕元のスタンドの明りだけがついていた。引き戸を開けると、好子が布団の中から無言の笑顔を向けてきた。そして好子は、やはり黙ったままで、掛布団の片側を半分めくった。見ると好子は、はじめから敷布団の片側の場所を空けて寝ていた。信次は吸い寄せられていくような心持ちで、黙りこんだまままそこに仰向けに横たわった。

「よかった、恥かかなくて。にいさんにふられちゃったのかって思ってた」

好子は小声で言うと、体を向けてきて、めくった布団を信次の肩にかけてくれた。そしてそのまま、好子の片腕は信次の胸に渡された格好で、そこに残っている。

「なんか、おかしなことになったね」

信次はようやく口を開いたけども、声がうわずっているのが自分でもわかった。

「びっくりしたでしょう」

好子のはずんだ息が、信次の耳の下あたりを温かくくすぐる。

「するよ、そりゃあ。でもさ、だんだんうれしくなった」

「よかった。あたしもうれしい」

「お世話になります」

「こちらこそ」

好子がフフフと笑う。信次も笑ったのだけれども、顔はこわばっていて、声も出てこない。ここまできちまったんだから、もう進むしかないと思って、信次は寝返りを打つ。向き合った好子の体を引き寄せて抱き締める。好子も全身をぴったり寄せてきて、重ねた信次の頬に遠慮がちな頬ずりをしてくる。

そのお返しのつもりで、信次は好子と唇を合わせる。舌は入れないようにしなきゃ、と信次は熱くなった頭の片隅で誓う。キスなんて何十年ぶりだろう、と思った途端に、信次の手はひとりでに伸びて、好子の乳房をパジャマの上からつかんでいた。好子はすぐに、パジャマの胸のボタンをはずしにかかる。それで誓いは呆気なく破られて、信次の舌は好子の唇の奥に忍びこんでいく。好子がそれに応えてくる。

世の中の決まり？　そんなもの、直子が言うとおりで、もうこの齢になったら無視すればいいんだ。年寄りなんだから、これからは何でもありで行かせてもらうよ——好子の乳首に舌を這わせながら、信次はそんなことを胸の中でつぶやいた。

沈黙

　試合は会場で観戦した。

　席は青コーナーに近い、階段席の二列目だった。田村弘（たむらひろし）はリングサイドに陣取りたいところだったのだが、一緒に行く君枝（きみえ）が尻込みしたので、その席で我慢することにしたのだ。

　君枝はボクシングを恐（こわ）がって、テレビでも見ようとはしない女だった。いつもだったら田村も無理に君枝を誘うことはせずに、ひとりで後楽園ホールに行くところだった。しかしそれは、健一（けんいち）が初めて日本フェザー級のタイトルに挑戦する試合だったのだ。息子の晴れの舞台なのに、母親が応援に行かないでどうするんだ、と田村にしつこく説き伏せられて、君枝はようやく重い腰を上げたのだった。

健一の試合を初めて、それもナマで観ることになった君枝としては、一大決心だったのだろう、と田村も思った。それなのに君枝は、思いもよらない悲嘆のどん底に突き落とされる場面に立ち合うことになってしまったのだから、誘った田村も胸が張り裂ける思いから逃れようがない。

会場にいても、君枝ははじめから、試合を正視する気はないようすだった。ラウンドの間は、拳ににぎった両手を胸の前で合わせて、深く顔を伏せていた。ゴングが鳴ってインターバルに入ったときだけ、君枝は見るからに心配そうな顔を上げて、青コーナーの椅子に坐っている健一に眼を投げるのだった。健一はトレーナーやセコンドの人たちに囲まれていて、横顔が見え隠れするだけだったが、それでも表情はうかがえた。田村はラウンドが終わるたびに、君枝の背中を軽く叩いて、健一が勝ってる、と言いつづけていた。

実際に試合は予想どおりの打撃戦ではじまって、健一のほうが明らかに主導権を取っていた。二ラウンドに早くも健一が得意の左フックでダウンを奪い、四ラウンドには逆に健一がクロスカウンターを浴びて倒れたが、残りの三十秒間の反撃は、ダウンを帳消しにするほどの勢いだった。

田村は引退して三十五年になるとはいえ、十一年間の現役生活を送った元プロボクサーなのだ。戦績は三十一戦十九勝十二敗、十一KO勝ちという冴えないものでで終ったけれども、ボクシングを見る眼は肥えたままで衰えていないつもりなのだ。

チャンピオンの堀木達也は、KO率八割を誇る倒し屋で、タイトルも九回連続の防衛を果たしている強敵。アマチュアとプロを通じての経験も豊富で、技術面でも健一より勝っている。二十戦十六勝四敗八KOという健一のキャリアは、試合数だけをくらべても、チャンピオンの三分の二に満たない。健一に分があるとすれば、スタミナとスピードだろうと田村は見ていた。健一は三十歳のチャンピオンより八つ若い。乱打戦に持ちこんでチャンピオンのスタミナを消耗させれば、後半戦に勝機がつかめる。健一が早い動きをつづけてさえいれば、チャンピオンの決定的な強打を浴びることもないのではないか——田村はそうした予想を持って、健一の思った以上の勇敢な闘いぶりに期待を持ちはじめていたのだ。

悪夢が襲ってきたのは、七ラウンドの中ほどだった。その一瞬のKO劇のようすは、それから二カ月近くが過ぎているいまでも、超スローモーションの映像さながらに、田村の脳裏に鮮明に焼きついたままになっている。生きている限りは消えそうもない。

早いジャブを突いていた健一が、踏み込みざまの右のストレートを堀木のボディーに持っていった瞬間だった。そこに堀木の右アッパーが、見事なタイミングのカウンターになって、健一の顎を突き上げた。返しの左フックは、健一の顎の先端をかすめるようなパンチになっていた。それで健一の頭が直角に振れた。健一の膝は躍っていた。持ちこたえようとして、健一は上体を起しながら後じさった。ガードはがら空きになっていた。そのときすでに、健一の意識は飛んでいたのかもしれない、と田村には見えた。倒し屋の十分に踏み込んでの右ストレートの追撃で、健一は棒のようにまっすぐ後ろに倒れた。もろにキャンバスに当たった頭が、二度はずんだ。それきりで、健一はぴくりとも動かなくなった。

レフリーはカウントを取ることもせずに、すぐに両手を振って試合を止めた。

それからキャンバスに片膝を突いたレフリーが、健一の顔をのぞきこんで、声をかけた。トレーナーとセコンドが、健一のところに駆け寄っていった。リングドクターがレフリーに呼ばれてリングに上がるのが見えた。

試合終了のゴングが鳴らされ、君枝が伏せていた顔を上げた。リングでは勝者のチャンピオンが、トレーナーに腰を抱え上げられたままで、グローブの片手を上に突き上げて、よろこびを表わしていた。君枝がどうなったのか、と田村に訊いた。健一の負けだ、残念な逆転負けだ、と言って田村は君枝の肩を叩いた。すると君枝は、試合の結果よりも、それが終ったことのほうがほっとしたのか、安心したような顔になったのだった。

会場が沸いて、拍手がつづいていた。堀木が倒れたままの健一のそばに駆け寄って、トレーナーに声をかけ、その背中ごしに健一を見た。その顔に気遣わしげな表情がまとわりついていた。田村はそれが気になったので、君枝に席から離れないようにと言っておいて、リングのエプロンの前に行ってみた。

健一が立ち上がるようすはない。健一の眼にペンライトの光を当てていたリングドクターが、トレーナーとレフリーに何か言った。それは会場の騒がしさのせいで、田村には聞き取れなかったが、トレーナーとセコンドたちが健一のグローブを急いではずし、シューズを脱がせにかかるのを見て、彼は胸さわぎに襲われた。田村は健一のシューズを脱がせているセコンドの一人に、健一の父親だと大声で名乗ってから、ようすを訊いた。セコンドは首を小さく振って、意識が飛んだままだと言った。

すぐに担架（たんか）が運びこまれてきた。それに気がついたとみえて、君枝が半泣きの顔で田村のところに走ってきた。君枝は大声で健一の名前を叫んだ。担架でリングから下ろされる健一を見て、君枝はそれにとびつこうとした。田村は搬送（はんそう）の邪魔になってはいけないと思って、君枝を抱き止めた。君枝はタオルで顔と上半身を覆（おお）われている健一を見ると、田村の腕の中で失神し、そのまま床にくずれ落ちた。意識が戻ると、君枝はあたりかまわず大声で健一の名を呼びつづけながら、はげしく泣きはじめた。

救急車で病院に運ばれた健一は、一度も意識が戻らないまま、六日後に息を引き取った。その枕元で君枝は、あんたのせいで健一は死んだんだと言って、田村の胸を両手の拳で何回も何回も叩きつづけたのだった。田村は何も言えずに、黙ってされるがままになっていた。

健一がボクシングをはじめたのは、田村に勧められたからというわけではなかった。健一は自分の意志でジムに入門したのだ。それは君枝もよく知っていることだった。だが、田村にプロボクサーの経験がなくて、健一が血のつながりのない父親の田村に、かたくなな反撥心と意地を張る気持ちを抱かずにいれば、ボクシングとは無縁のままですんでいたかもしれないのだ。

そういうことも、君枝はよくわかっているはずだった。それなのに君枝は、健一の告別式が終った日から、田村には一言も口をきいてくれなくなった。その上に、忌引きで仕事を休んでいた間は、朝から日本酒を冷やで飲みはじめて、飲んでるか眠りこけているかという日を送るようになった。仕事に出はじめてからは、さすがに朝酒は控えているが、夕方家に帰ってくると、まず酒をひっかけてから食事の支度にかかり、自分はろくに物は食べずに、眠りに就くまで冷や酒のコップを手から放さない。それがもう二カ月近くつづいているのだ。

　ひとりしかいない子供を、思わぬことで失った君枝のショックや悲嘆は、田村にも痛いほどわかる。君枝は無言の行と酒びたりで、いまもおれの胸を拳で叩きつづけているのだろう、と田村は思うから、心を痛めながら黙って君枝を見守っている。けれども、責めるにしろ恨むにしろ、どんなにひどい言い方でもいいから、ことばにして口から出してほしい、と田村は思う。許してくれる気がないのなら、はっきりそう言ってくれ、と田村は言いたい。

　石のように黙りこくって酒を飲みつづけている君枝を見ていると、田村は地獄の責め苦の中にいる気がするのだった。そして田村は、どちらも実の父親と縁の薄かった健一と自分が、義理の間柄の親子になったことを、つくづく不運に思う。その思いからは、自分に父親と暮らした記憶が備わっていたら、健一の親の役ももっと上手にこなせていたかもしれない、という取り返しようのない悔いに似た気持ちも湧いてくるのだ。

田村は父親の顔も名前も知らない。戸籍の上でも、父親の欄は空白のままなのだ。

物心がついたときは母親との二人暮らしだった。そのころは母親は、青森県の八戸の港の近くで小さな一杯飲み屋をやっていた。郷里は下北半島の大湊のはずの母親が、八戸で赤ちょうちんの店を出していたいきさつも、自分の父親がどの何者かということも、田村は母親に尋ねたことはなかった。

母親も話したくない事情があったのか、そういうことは遂に一言ももらさずに終っている。田村が問わず語りに聞いていたのは、母親が戦争未亡人で、最初に生まれて三歳になっていた女の子を、終戦の前年の冬に麻疹で死なせたということくらいだった。

小学校時代の田村は、ずっといじめられっ子だった。父なし子だの、淫売だのという呼び名がついてまわっていた。淫売というのは、母親が一杯飲み屋をやっているところからくるからかいのことばなのだった。店と住まいは一緒だったから、母親が躯（からだ）を売るような情けない真似などしていないことは、田村にはよくわかっていた。しかし田村は、気の小さい、躯も小さいおとなしい子供だったから、いじめられるままになっていた。

田村が心を許せる相手は、母親しかいなかった。親戚（しんせき）だという人間にも、だれひとり会ったことがなかった。田村は母親に甘えもしたが、子供のときから家の中のことをよく手伝いもした。母も田村をかわいがった。二人はぴったりと寄り添って暮らした。そのころの田村の願いはただひとつ、楽しいことの何もない八戸を離れて、母親と二人で他の土地で暮らしたいということだけだった。

中学を出るとすぐに、田村は集団就職で上京して、蒲田（かまた）の機械メーカーに入り、機械工の生活をはじめた。昭和三十七年の春だった。念願が叶（かな）って八戸からは脱出できたけれども、東京での新しい生活も田村には気の安まるときがなかった。工場でも会社の寮でも、意地のわるい先輩がいて、よくしごかれた。東京のことばがうまく使えずに、方言をからかわれるのもしょっちゅうだった。気の弱い田村は、あれほど嫌っていた八戸に帰って、母親と二人で暮らしたい、と何回思ったかしれなかった。

当時はプロレスと並んで、プロボクシングの人気も高くて、テレビも毎週のように試合を放映していた。田村は寮のテレビではじめてボクシングというものを見た。軽量三羽烏と呼ばれるファイティング原田（はらだ）、海老原博幸（えびはらひろゆき）、青木勝利（あおきかつとし）の三選手が、注目を集めはじめてもいた。田村ははじめて見たボクシングに興味をひかれ、テレビで熱心に見るようになった。特に田村は、ラッシュにつぐラッシュで相手を攻めつづけるファイティング原田の試合には、心を動かされるものをいつも感じていた。いじめられっ子で、いつも小さくなっておとなしくしている自分に、ファイティング原田がしっかりしろ、男なら強くなれ、とはげましているような気がするのだった。だが、自分もボクシングを習ってみようという気にはなれなかった。

転機は昭和四十年の五月に訪れた。フライ級からクラスを上げたファイティング原田が、二階級制覇をめざして世界バンタム級王者のブラジル人、エデル・ジョフレに挑戦して、見事にタイトルを取ったのだ。ジョフレは当時、四十七勝無敗、三分けという輝かしい戦績で、それまでの八回の防衛戦はすべてノックアウトで勝っている強敵だった。その前の年には青木勝利とジョフレが闘って、ボディへの左フック一発でＫＯ勝ちをおさめていた。田村はその試合もテレビで見ていた。いくらファイティング原田でも〝黄金のバンタム〟とまで呼ばれているジョフレには勝てないだろう、と田村は思っていたのだ。軀もジョフレのほうが大きかった。それでも二対一の判定で原田が勝った。

愛知県体育館で行われたその試合をテレビで見た田村は、すっかり勇気づけられた。闘争心とか根性といった、自分には縁遠いと思われていたことばが、頭から離れなくなった。それで思いきってボクシングをはじめる決心を固めた。電話帳で調べて、会社の寮からバスで通える京浜ジムというところに入門した。田村は十九歳になっていた。練習はきつくて退屈でもあった。だが、田村は倦きずにつづけた。ボクシングで名をあげようとまでは思わなかったが、腕力も心も強い、何事にも怯まない人間になりたいという願いは衰えなかった。

機械工と兼業のプロボクシングは、三十歳で引退した。デビュー戦からファイトマネーはすべて貯金していたので、大した額ではなかったが、蓄えもできていた。ボクシングをつづけている間は考えないことにしていた結婚のことが、しきりに頭に浮かぶようになった。その矢先に、母親が肝臓を患って働けなくなった。田村は寮を出てアパートを借りると、八戸から母親を呼び寄せた。一緒に暮らして、東京の病院に通わせたかったのだ。

母親は肝硬変だった。つづいて脳梗塞も二回起した。胃潰瘍の手術も受けた。とにかく病気つづきの九年間だった。最後は心筋梗塞で命を落した。六十四年の寿命だった。田村は三十九歳で天涯孤独の身になった。結婚の夢も、病気つづきの母親を抱えた暮らしの中で、いつしかしぼんでいた。炊事も洗濯も掃除も、母親の世話をしている間にすっかり身に付いていた。男の欲望を金で鎮めるのも、習慣のようなものになっていて、いまさら結婚相手を探すのも面倒じゃないか、という気が先に立ってくるのだった。

田村が君枝と出会ったのは、母親が亡くなった九年後だった。それまで長く住んでいたアパートが老朽化したために、マンションに建て替えることになったのを機に、田村は大森の賃貸マンションに引越した。それから間のないある日曜日に、夕食の買い物に出かける途中の空き地で、小さな子供たちが喧嘩をしているところに出くわしたのだ。一人の男の子が、三人がかりで突きとばされたり、手をつかんで引き回されたりしていた。やられている子供は半べそをかいて、やっている三人はケタケタ笑っていた。

見かねた田村が一喝すると、三人組はびっくりしてすぐに逃げていった。やられていた子供はその場にしゃがみこんで、肩をふるわせてしゃくりあげはじめた。怪我をしているのかと田村は思って空き地に入り、男の子に大丈夫かと声をかけた。男の子は返事はしなかったが、背中に手を当てて、家まで送っていってやろうかと言うと、無言で小さくうなずいた。そうやって付き添っていった先が、田村が新しく住みはじめたばかりの同じマンションだったのだ。男の子を部屋の前まで送り届けてやる気になったのも、何かの縁だったのだろう。田村の部屋は四階だったが、その子が住んでいるのは三階だった。その子が健一で、ドアを開けて息子を迎えたのが君枝だった。

その後も田村は、君枝とも健一とも、同じマンションの住人同士としてしょっちゅう顔を合わせ、親しくことばを交わした。健一は会うと恥ずかしそうにして、表情をゆるめるだけで口数は少なかったが、君枝は気さくなようすでよくしゃべった。健一と君枝が二人だけで暮らしているのだとわかったときは、田村は自分が育ったのと同じ境遇の母親と息子に、格別の近しさを覚えた。君枝は自分から、池上の給食会社で調理の仕事をしていることを話した。田村も機械工だと答えた。

君枝が手料理の夕食をと言って、田村を部屋に招いてくれたのは、知り合って三カ月ほどがたったころだった。テーブルには酒の用意もしてあった。君枝は自分から呑み助なのだ、と笑って言った。健一は口は重いままだったが、三人で食事をするのがうれしいのか、田村に甘えるようなようすを見せていた。その二週間後には、お返しのつもりで、田村は君枝と健一を蒲田の駅ビルの中のレストランに誘った。

君枝の夕食の招待と田村の返礼は、その後も習慣のようなものになって、頻繁にくりかえされた。週末の夜の遅い時間に、君枝が前ぶれもなく田村の部屋にやってきたのは、知り合って七カ月目のことだった。健一はもう寝ているから、二人で酒を飲みたい、と君枝は言った。その夜、二人はベッドを共にした。どちらかがことばに出して誘ったわけではなかった。酒を飲んでいるダイニングテーブルに置いていた田村の手に、君枝が顔を伏せたままで手を重ねてきたのがきっかけだった。田村の胸にも、いつかそういうことが起きそうな予感が、早い時期から生まれていたのだ。

二人は寝物語りに、互いの身の上を明かし合った。君枝は会津若松で生まれ育っていた。高校在学中に調理士の免許を取って、卒業すると東京の銀座のデパートの食堂で働きはじめた。二十五歳のときに一緒に働いていたコックと結婚した。二人で働いて自分たちの店を持つ、というのが夫婦の夢だった。そのために子供を産むのは先に延ばして、せっせと貯金に励んだ。それでも君枝は三十の声を聞いてから、やっぱり子供が欲しくなった。三十二になって健一を産んだ。ところが子育てにかまけているうちに、夫婦仲がおかしくなった。亭主が他に女をつくり、蓄えていた金も取りくずされて、かなりの額が消えていることがわかった。すったもんだの末に、君枝は亭主に見切りをつけて、三十五歳のときに離婚した。それから給食会社に働き口を見つけて、健一と二人の暮らしをはじめた。
田村と君枝が結婚したときは、知り合ってから一年半が過ぎていた。初婚の田村は四十九歳で、再婚の君枝は三十九歳。健一は小学校に上がっていた。

君枝は陽気で働き者できれい好きな、田村にとっては申し分のない女房だった。だが、健一は田村を困惑させ、悩ませることの多い子供だった。それまでは田村によくなついているように見えていた健一は、一緒に暮らしはじめると、田村とはまともに眼を合わせようとしなくなった。田村が気を遣って機嫌を取ろうとすると、健一は露骨に背中を向ける始末だった。気に病(や)んだ田村がそのことを君枝に話すと、彼女は母親を取られたと思って焼き餅(もち)を妬(や)いているのだ、と言って笑うだけだった。

　健一が朝になると腹が痛いと言って、学校を休みたがる時期がつづいたこともあった。医者に診せたけれども異状はなかった。そして医者は君枝に、健一は学校でいじめられているのかもしれない、と耳打ちした。いじめが原因の神経的な腹痛を訴える子供が少なくない、という医者の話だった。その診断は当たっていた。君枝がしつこく健一に問いただすと、いじめの種は、親の再婚で名字が菅原から田村に変わったことにある、とわかった。君枝は涙目になっている健一を胸に抱き締めて言った。

『そんなこと気にしちゃだめだよ。みんな健一の名字が変わったのが珍しくて、ちょっとからかってるだけだよ。健一にはやさしくて頼もしい新しいお父さんができたんだからいいじゃない。元気を出しなさい』

　それをそばで聞いていた田村は、健一が不憫で身を切られる思いがした。田村は健一を抱き締めている君枝も一緒に抱き寄せて、健一にごめんな、と言った。それしか言えなかった。そのつぎの日から君枝は、学校に行くときと、仕事から帰ってきたときに、健一を力いっぱい抱き締めてやることを欠かさずにつづけた。

それを勧めたのは田村だった。田村も同じことをしようとしたのだが、健一は伸ばした義理の父親の腕から逃げるばかりだったので諦めた。

時がたっても、一向に心からなつこうとしない健一を、どう扱えばいいのか、田村はわからなかった。思えば田村自身も、たやすく人に心を開こうとはしない、不器用な性分だったのだ。ここは厳しいことばで叱ったり、怒鳴りつけたりしたほうがいいと思える場合でも、義理の仲だという意識がはたらいて、つい控えてしまうということもよくあった。そうなると、父親の立場に身を置いて健一と正面から向き合うのも難しくなるのだった。父親というものをまったく知らずに育ってきた田村には、小さな子供が何を父親に求めたり、期待したりするのかということがわからない。手本のない大役を振り当てられた気がして、田村は結局、遠くから健一を見守ることしかできなかった。

健一が気の小さい、どこかいじけたところのある性格だとわかってくればくるほど、田村は自分の子供時代や、東京に出てきたころのことを思い出すのだった。そしてそのたびに田村は、いくらか湿り気を含んだ言いようのないいとしさとはがゆさを、健一に対して覚えてきたのだ。

それでも、健一が小学生だったころまではまだよかった。君枝が田村と健一の間で上手に気を配って、義理の親子がなごやかにことばを交わすこともあったのだ。夏休みに車で家族旅行に出かけた先で、健一に肩車をしてやったり、石を投げて水切りを競い合ったり、手をつないで歩いたりしたこともあったのを、田村ははっきり憶（おぼ）えている。

健一のことで田村がほとほと手を焼くようになったのは、相手が中学二年になったころからだった。健一は学校の成績があまりよくなかった。君枝は特に教育ママというほどではなかったが、健一が落ちこぼれになることを虞（おそ）れて、塾に通わせようとした。それを健一がいやがって口喧嘩になった。見かねた田村が、自分は田舎の中学しか出ていないせいで、世の中に出てから肩身のせまい思いをしたから、勉強はできるときにしたほうがいい、と健一に言った。それで健一は塾に通うことをあっさり承知した。

ところが、それから一カ月もたたないうちに、警察から電話がきた。健一がコンビニで花火を万引きして、店員に反抗して交番に突き出されたのだった。健一は塾に行っているはずの時間だった。交番には田村が出かけていって、健一をもらいさげてきた。君枝はコンビニに謝りに行った。健一はふてくされたままで、田村が何を言っても答えようとしなかった。君枝は健一の顔を見るなり、珍しく眼を吊り上げて、物も言わずに平手打ちを浴びせた。すると健一がクソババァと怒鳴って、君枝を力まかせに突きとばした。小柄な君枝は吹っ飛ばされて、ダイニングテーブルに腰を打ちつけ、椅子と一緒に床に倒れた。そのときは田村も我慢ができなかった。

『弱虫が。おまえは女しか突き飛ばせないのか。やるんだったらおれを殴ってみろ。母親に向かってクソババァとはなんだ。お母さんにちゃんと謝まれ』

田村は健一の前に立ちはだかって、力のこもった声で言った。健一はふてくされて押し黙ったままで、さっさと自分の部屋にひっこんだ。壁を蹴りつけたような音が二回ひびいた。倒れた椅子を起こして坐った君枝が、反抗期なのかねと言って、食卓の上で頭をかかえこんだ。田村は多分そんなことだろうと応じたけれども、母親にも他の誰にも反抗する気持ちを抱いた記憶のない彼には、よく耳にする反抗期というものがよくわからないのだった。

そういうことがあってから、健一は田村だけではなくて、君枝にもろくに口をきかなくなった。何か言っても、ことばつきはいつも突っかかるような調子だった。家にいるときは自分の部屋に閉じこもっていた。それでも健一は塾に通いつづけて、実力相応の高校に進学した。しかし、やれやれと思ったのも束の間で、高校二年に上がっていくらもたたないうちに、学校に行かなくなった。引き籠りのはじまりだった。

理由は学校がつまらない、ということしかなさそうだった。食事のときしか部屋から出てこずに、終日テレビゲームで時間をつぶしているようすだった。そのうちに昼と夜を逆転した日々になったらしくて、朝飯には顔を見せず、夜中に台所で食い物をあさるようになった。当然、君枝はなんとかして健一を学校に行かせようとして叱りつづけた。怒鳴り合いがつづいた。健一は田村にも怒鳴り声をあげて口答えをした。

そんな毎日が二カ月ほどつづいたある夜、健一の部屋から君枝の悲鳴が聴こえてきた。田村がちょうど風呂から上がってきたときだった。健一の部屋のドアは開け放されていた。田村が急いでそこに行ってみると、君枝が鼻血を出して床にうずくまり、その腰のあたりを健一が蹴(け)りつけていた。

田村は血相が変わるのが自分でわかった。彼は物も言わずに中に踏み込み、頭ひとつ背の高い健一のポロシャツの襟首(えりくび)を両手でつかみ、そのままリビングに引きずり出した。

『忘れたか、この意気地なし。お母さんを殴るならおれを殴れって中学のときに言っただろう。ほら、おれを殴れ』

田村はそう言って、襟首をつかんでいた手で健一を突き放した。よろけた健一はすぐに足元を立て直して、敵意のこもった眼で田村をにらんだ。

『殴られなきゃならないのは健一のほうだよ。お父さん、そのバカ息子を殴って根性を叩き直してやって。お願いだから』

ティッシュペーパーで鼻血を押さえた君枝が、リビングの入口から声を投げてきた。

『どうせおれはバカ息子だよ』

言うと同時に、健一は大きな横殴りの拳で田村に襲いかかってきた。田村は背をかがめてそのパンチを軽くかわした。ボクシングをやめて三十年近くになるいまも、ダッキングの動きは軀に染みついて残っていた。その動きに連動して、反射的に左フックのボディーブローが出そうになったが、すんでのところで田村はそれは思いとどまった。

健一は殴りかかった拳をあっさりとかわされて、頭に血が昇ったのか、両腕を振り回すようにして、遮二無二（しゃにむに）に殴りかかってきた。足も飛んできた。田村はボディーワークと腕のブロックで、パンチはことごとくかわした。キックもすべて手で払いのけた。健一の息は荒くなっていた。顔にはくやしさといらだちがむきだしになっていた。そろそろけりをつける潮時だろう、と田村は思った。クソとわめいた健一が、また性懲（しょうこ）りもなく右のスイングパンチを振り回してきた。田村はそれをゆとりのあるウィービングで空振りに終らせると、軽い左フックを健一の脇腹に入れた。ただ当てるだけのパンチだった。つづけて出した右のストレートは、鼻先で寸止めにした。五十九歳と十七歳の義理の親子との対決は、そこまでで終った。戦意を失ったようすの健一が、床に坐り込んだのだ。

『クソッ。調子こきやがって。汚えじゃねえか、ボクシングの手なんか使いやがって。それがなきゃてめえみてえな老いぼれ、一発でぶっとばしてやれるぜ』

うなだれて肩で息をしながら、健一が悔しそうに毒づいた。田村は健一の前にあぐらをかくと、顔をのぞきこんで静かに言った。

『調子こいて好き勝手をやってるのはおまえのほうだぞ。今夜は加減したけど、今度またお母さんを殴ったら、おまえの鼻の骨を折るようなパンチを本気で入れるぞ。お母さんに殴って悪かったって言って、ちゃんと謝まれ。そして性根入れかえて、明日から学校に行くんだ。お母さんをよろこばせるのがおまえの務めなんだぞ。わかってるはずだ』

『悪かったよ、お母さん。謝るよ。学校も性に合わねえけど、我慢して行ってやるさ。だけど覚えてろよ、爺い。学校に行きながらおれはボクシング習って、いつかてめえをぶっとばしてやるからな。絶対やってやる』

健一はそう言うと、立ち上がって自分の部屋に戻り、乱暴な音を立ててドアを閉めた。

つぎの日から健一は学校に通いはじめた。一週間後にはジムの練習生になっていた。それを田村は君枝から聞いた。洗濯機の中に、汗で濡れた健一のトレーニングウェアが毎日投げ込んであるので、君枝が訊いたら健一が、代々木の有名なボクシングジムに通っている、と言ったというのだった。それを聞いて、田村は少しおどろいた。健一がボクシングを習うと言ったのは、悔しまぎれに吐いたことばで、本気ではないのだろうと田村は思っていたのだ。君枝も同じ思いでいたと言って、どうせあの子のことだから、そのうちに音（ね）をあげてやめちゃうわよ、と笑っていた。おそらくそうなるだろう、と田村も思った。

だが、健一は通学とジム通いをつづけた。心なしか、健一は顔つきも前と違って引き締まってきたように見えた。家の中で田村と顔を合わせても、健一はろくに口はきかず、笑顔も見せなかった。この分でいくと、いつかほんとに健一のパンチをくらって殴り倒される日がくるのかもしれない、と田村は思っていた。それでもかまわないという気に田村がなったのは、君枝に対する健一の態度が、素直で穏やかなものに戻っていたからだった。それさえあれば、健一に無視されようが、殴り倒される日がこようがかまいはしない、という気に田村はなるのだった。

一年が過ぎて、健一は高校三年生になった。ジム通いもつづいていた。田村は四十五年勤めた会社の定年を迎え、近くの町工場で働きはじめた。正式に雇われたわけではなくて、人手が足りないときだけ呼ばれるバイトのようなものだった。

暇ができた田村は、ときどき顔が見えないように野球帽を目深にかぶって、代々木のジムに健一のようすをのぞきに行くようになった。文字どおりに、ジムの外からガラスの窓ごしにこっそりのぞくのだった。練習しているところを自分に見られるのを、健一がいやがることはわかっていた。それがいやでないのなら、ほとんど会話のない健一でも、たまにはボクシングのことで何かを尋ねたりするはずだ、と田村は思っていたのだ。だが、そんなことは一度もなかったし、田村も何も訊かなかった。しかし、関心は大いに持っていた。いつか自分が殴り倒される日があるとしても、健一がボクサーとして大成するようなことがあれば、こんなにうれしいことはない、と田村は心中で考えていたのだ。できることなら、健一の朝のロードワークに、自転車で伴走してやりたいくらいの気持ちもあった。

　健一が四回戦のプロテストに一発で合格したことも、デビュー戦が決まったことも、田村は君枝から聞いて知った。田村はうれしさを抑えきれずに、健一におめでとうと言った。

『いまならいつだっておやじを殴り倒せるぜ。だけど年寄りを相手にしたってつまんないから止めとくよ』

　健一は照れたように笑って言った。それが田村の祝いのことばへの、健一の礼のようだった。田村は一瞬、胸が詰まった。久しぶりに眼にした健一の笑った顔が、うれしく思えてならなかったのだ。

田村がデビュー戦を観に行くと言うと、負けるところは見られたくないから絶対に来てくれるな、と健一は言った。だから田村は内緒で観に行った。君枝にも口止めした。君枝は最初から恐がって、行こうとはしなかった。健一はデビュー戦をKO勝利で飾った。一ラウンドにいいワンツウを浴びてダウンしたが、四ラウンドに連打で相手を倒した。ジムの練習をのぞいていたときはわからなかったが、実戦では健一の動きのスピードと、回転の早いコンビネーションと、盛んな闘争心が眼に付いた。もしかしたら健一はいいボクサーになるかもしれない、と田村は思ったのだった。

デビュー戦の翌日の朝、左目の下にパンチの跡を残している健一に、田村はとぼけて試合の結果を訊いて、祝福のことばを送った。

『たまたま相手が弱かっただけだよ』

健一はそう言ったが、顔には得意そうな笑みがひろがった。

その後も田村は、健一の試合は欠かさずに内緒で観戦に行った。助言したいことも試合ごとに眼に付いた。特に、打ちにいくときにガードが下がる癖が気になった。しかし田村はそうしたことは一切口にしなかった。言えば試合を観に行ったことがわかって、健一が気にするだろうと思ったし、そういうことは教えてくれているジムのトレーナーに任せて、口を出すべきじゃないという考えもはたらいたのだ。

健一が日本フェザー級のタイトルに挑戦すると決まったことも、田村は君枝を通して知った。そのときだけは田村も、何がなんでもお母さんと一緒に会場に応援に行く、と健一に言った。意外なことに健一もはじめて、応援にきてくれ、と言ったのだった。それが健一の最後の試合になるなんて、誰が思っただろう。こんな皮肉なことはない、と田村は思わないでいられない。

健一の臨終の枕元で、田村は君枝に、健一は勝っていた試合で事故に遭ったのだ、と言った。せめてもの慰めのつもりからのことばだった。君枝が、健一の死はあんたのせいだと言ったのはそのときのことなのだ。それだけに田村には、君枝の無言と酒つづきの毎日が、ことのほか心に堪(こた)えてならない。ただもう腫(は)れ物にさわるような思いで君枝を見てきた。

健一の四十九日が過ぎて、納骨をすませるころには、君枝も気持ちがおさまって、以前の元気な話し声を取り戻してくれるかもしれないと、田村は一途に期待していたのだが、それも叶えられずに、夫婦二人きりになった家の中には、重苦しい空気が淀んだままだった。健一を失ったことで、君枝が自分に恨みを向けてきているのだとしたら、このままで一緒に暮らしていくのはもう耐えられない、というところまで田村はきていた。

その夜も君枝は、夕食の跡片づけをすませると、食卓の前に坐ってコップ酒を飲みはじめた。田村はリビングでテレビを見ていたのだが、画面に眼を投げているだけで、頭の中では君枝のことしか考えていなかった。

君枝がコップに酒を注ぐのを待って、田村はソファを離れ、テレビを消してダイニングに行った。今夜はなんとしてでも君枝に口を開かせて気持ちを問い質し、恨まれているのだとわかったら、別れ話をする決心でいたのだ。君枝と結婚したときに買ったマンションは、三分の二を田村が現金で払って、ローンも二年前に終っている。別れると決まったら、マンションと貯金の半額を君枝に渡す、ということも田村は決めていた。

食卓をはさんで向き合うと、君枝が顔を起して、うつろな眼で田村を見た。田村は大きく息を吸い込んで話を切り出そうとしたのだが、ことばが出てこなかった。いざとなると、どこからはじめたらいいのか、話の糸口がつかめないのだった。

「大丈夫だから、あたしは……」

意外にも先に口を開いたのは君枝のほうだった。ほぼ二カ月ぶりに耳にした君枝の沈んだ声が、田村には谺(こだま)か何かのように聴こえる気がした。

「やっと口をきいてくれたね、君枝。大丈夫じゃないだろう。酒で軀をこわしたりしたらどうするんだ。もう二カ月もそうやって飲みつづけてるんだよ」

「量はそんなには飲んでないのよ。頭をしびれさせておきたいだけだから」

それまでの長い沈黙の日々が嘘だったように、君枝はスムーズにことばを返してくる。田村は拍子抜けするような、ひとまずの安堵を覚えた。

「どうしておれと口をきいてくれようとしなかったんだ」

「ごめんね。あんただけじゃなくて、誰とも話なんかしたくなかったのよ。気持ちの底が抜けたみたいで……」

「おれを恨んでるんだろう？」

田村が言うと、君枝は顔を伏せた。

「恨んだ。あのチャンピオンの堀木という人はもっと恨んだわ。あの人がジムの会長と一緒に病院に見舞いにくるたびに、人殺しって言ってやりたかったよ。お葬式のときに頭を下げられたときは、あたしは心の中で堀木って人を呪ってたのよ。でも、いまはもう誰のことも恨んじゃいないし、呪う気持ちも消えたの。あんたを恨んでたのは、健一が死んですぐのころだけだったのよ。あの子がボクシングをはじめたのは、あんたのせいじゃないってことは、はじめからあたしもわかってたからね」

君枝の顔は伏せられたままだった。

「それはそうだけど、健一がボクシングを習うきっかけを作ったのは、まちがいなくおれだったんだから、君枝に恨まれても仕方がないとは思ってたよ。だけど黙りこまれたまんまというのは辛（つら）かった。たまらなかったよ」

「あんたに辛くていやな思いをさせてるのは、あたしもよくわかってたんだけどね。どうにもならなかったの。堀木って人を恨んでる間はまだよかったんだけど、あれはあんたの言うとおりで事故だったんだから、試合の相手を恨んでも仕方がないんだと思いはじめたら、気持ちの持っていき場がなくなって、誰とも口をききたくなくなっちゃったの。自分の中に閉じこもって、お酒で頭をしびれさせてるときがいちばん楽だったのよ」

「そういえば、おれもおふくろが死んだときはすっかり落ちこんで、人としゃべる気にもならなかったな。でもおふくろは、息子に面倒を見てもらって、最期（さいご）もちゃんとおれに看取（みと）られて死んだからまあよかったけど、健一はおれたちに看取られてることもわからないまんまで逝（い）っちゃったんだもんね。君枝が気持ちの持っていき場がないっていうのはよくわかるよ」

「でもね、やっとこのごろそれが見つかって、心が落着きかけてるの。気持ちの持っていき場が……。だからもう少し待ってて。あたし立ち直るから」

君枝はかすかにほほえんだ顔を見せた。

「そういうことなら、おれはいつまででも待ってるよ。おれが辛かったのは、君枝が口をきかないのもそうだけど、おれのことを恨みつづけてるんだと思ってたからなんだ」

「物は考えようだっていうじゃない。あたしはあんたには、恨むどころか感謝しなきゃいけないんだって思うようになったのよ。それがあたしの気持ちの持っていき場になりそうなの。健一も口じゃなんにも言わなかったけど、あんたのことをいい父親だと思って感謝してたんだと思うのよ。だってあの子は、ボクシングをはじめてから変わったじゃない。自分に自信が持てるようになったのよ、きっと。はじめは本気であんたを殴るつもりでボクシングをはじめたんだと思うわ。だけどやってるうちに、あの子の中で何かが変わったんだと思うの。もしかしたらあの子はあんたのことが好きになってたのかもしれないって気がするの。とにかくちゃんとした子になってたもの。それがせめてもの救いだったってあたしが思えるようになれば、健一も浮かばれるんだって気がしてきてるところなの」

田村は何度もそっと細い息を吐いた。口を開けば涙があふれ出てきそうな気がしたのだった。

遺骨

ママさんよう。あんた、ここがどこで、おれが誰なのかわかるかい？そんなことわかるわけはないよな。あんたはもうこうして骨壺に納まって、箱に入って、ペラペラの白い風呂敷に包まれちゃってんだもんな。あんたもまさかこんなに呆気（あっけ）なくこの世におさらばすることになるなんて思っちゃいなかっただろうから、もしかしたら、自分が死んだってこともまだ気がつかないで、勝手がちがうと思って、あの世で面食らってるところかもしれないね。

まあとにかく、通じるものならおれの話を聞いてくれよ、ママさん。おれ、野村（のむら）だよ。あんたがやってたカラオケスナックの常連客だった野村幸弘（ゆきひろ）。で、骨になったあんたはいま、独り暮らしのおれのアパートの部屋で、おれと差し向かいになってるわけ。なんせ急なことだったから、とりあえずあんたの席は古ぼけたちっこいタンスの上になってて、位牌と遺影と花と、茶碗に砂を入れて間に合わせてる線香立ての線香の煙にかこまれてるけど、明日にでもちゃんと仏壇を買ってくるから、それまではそこでがまんしててくれ。そうやってタンスの上から、てっぺんの髪がすっかり淋しくなってるおれの頭を見下ろしてるのも、退屈しのぎぐらいにはなるんじゃないか、ママさん。

だけどおれも、あんたの骨箱にこうやって語りかけながら焼酎のお湯割りを飲むことになるとは、夢にも思っちゃいなかったなあ。あんただって、骨になった自分がなんでおれに引き取られなきゃならないのか、わけがわからないでまごついてるだろうな。あんたが死んだ後で、まあいろいろあってこういうことになったんだよ。それにはあんたは納得できないかもしれないし、文句もあるかもしれないよね。だけど死んじまったんだからしょうがないじゃないか。おれはこうなってよかったと思ってるし、なんかうれしいような気もしてるんだよ。あんたの気持ちはどうなのかわからないけどさ。

あんたが死んでるのを最初に見つけたのは東さんなんだよ。ママに気があって、毎晩みたいにお登美に通ってた東さん。あんたはまだ死んだばっかりなんだから覚えてるだろ？　東の爺さんはもう年で海士の仕事ができないんで、陸でお登美のママのアワビを狙ってる、なんてよくおれたちにひやかされてたあの東さんだよ。そんなこと言ってたおれたち常連の爺いたちだって、みんなあんたを狙ってたわけだけどさ。

　東さんは十一日の夜もお登美に行ったんだって。でも店は閉まってた。そりゃそうだよな。そのときはもうあんたは、誰も知らないまんまで死んじゃってたわけだから。そうでなくてもあの日は東北の大震災で、外房のこの町にも予想で十メートルだっていう大津波警報が出てたんだから、どこの飲み屋だって店なんかやってなかったんじゃないかな。それで東の爺さんも、そのせいであんたが店を閉めてるんだって思ったそうなんだ。

ところが、土曜でも日曜でもやってるはずのお登美が、十二日も十三日も閉まったまんまで、臨時休業の貼り紙も出てなかったんで、東さんはこりゃおかしいってんで、十四日の昼にあんたのアパートに行ってみたら、ドアの鍵はかかってなくて、パジャマ姿のあんたがベッドからころげ落ちたみたいな格好で倒れてたってわけらしいんだ。あんたがもう息もしてないし脈も止まってるし、体も冷たくて硬くなってるのがわかって、うろたえた東さんはそのまんま車とばしておれのアパートにすっとんできたわけさ。おれがカップうどんで昼飯すませて、のんびりお茶飲んでたときだよ。

とびこんできた東さんがいきなり『ママがママが、お登美のママが死んでた』って言ったから、おれもたまげたさ。それはいいんだけど、東さんはあんたのアパートに行ってみる気になったわけと、そこで見てきたことをしゃべってから、頼むって言っておれに手を合わせて、妙なことを言い出したんだ。あんたが死んでるのを最初に見つけたのは、自分じゃなくておれだってことにしてくれって東さんは言ったんだよ。おかしなことを言うと思って、おれはわけを訊いたさ。

そしたらあの爺さんが言うには、自分がお登美のママが死んでるのを見つけたってことが、女房や子供たちにわかったら、妙なふうに勘ぐられるから困るってわけなんだよ。それで東さんは、女房子供のいない独り者のおれのところに駆け込んできたんだなってわかって、おれは笑いそうになったんだけど、まあ言われてみれば東さんの心配もわかる気がしたんだ。ここは田舎だし、世間はせまいからね。お登美のママが急死したってことも、それを最初に見つけたのは誰それだって話もすぐに広がって、東さんの家の人たちにも伝わらないとは限らないわけだしな。それが爺さんだってことになれば、あそこのかみさんだって子供たちだって、独り暮らしのママのアパートなんかにどんな用があって行ったんだ、怪しいことやってたんじゃないか、なんて言い出すだろうよ。なんせ爺さんはあれだけお登美に通いつめてたんだから、余計に疑われるよな。

だからおれは東さんに、わかったって言って一人であんたのアパートに行って、第一発見者のふりをして、すぐに救急車を呼ぼうとしたんだ。たしかに東さんから聞いたとおりで、あんたはもうすっかり冷たくなってたし、呼吸も脈も止まってて、誰かに殺されたのかもと思うような傷も何もなかったんで、体のトラブルで死んだのなら原因を調べることになるんだろうから、それなら病院に運ぶのが正解だろうっておれは思ったんだよね。

ところがこれが全然、正解じゃなくてさ。一一九番に電話して、これこれこうだって話をしたら、独り暮らしで死んだときの状況を誰も見てないんだったら、警察の立会いが必要だから、そっちに連絡を取ってくれって言われたんだ。それでパトカーがきたもんだから、同じアパートの住人とか家主さんなんかも集まってきてさ。

おれはおまわりさんに東さんの口真似(くちまね)で、お登美が十一日からずっと店を閉めたまんまだったんで、気になってアパートにきてみたらこうなってたって説明したんだ。おれの住所、氏名、年齢、職業、あんたとの関係、いろいろ訊かれたよ。あんたの身元のことなんかも訊かれたけど、おれが知ってたのは、あんたが新潟県の出身で、三十年ぐらい前にこの町にきて芸者に出てて、それから七、八年あとにお登美を開いたっていうくらいのことだけでさ。あんたが菅原富子(すがわらとみこ)って名前なんだってことも、アパートの家主さんがおまわりさんに言ってるのを聞くまで、おれは知らなかったし、それですんでたんだよな。これにはおれも、なんかしみじみとおどろいたな。

名前も知らないまんまで、ただママって呼んですませて、おれはあんたと二十年以上近しくしてきたわけだよ。遅い時間に店でたまたま二人きりになって、物のはずみみたいにして小上がりでセックスをしたことも一度はあったし、酔ってるときじゃあったけど、独り者同士一緒に暮らそうかってあんたが言ったことも一度はあったじゃないか。そういう相手のことを、生まれ育ちどころか、名前も何も知らないまんまでいたわけだ、おれはな。飲み屋のママとなじみの客なんてそんなもんだって言えばそれまでだけどさ。考えてみれば迂闊(うかつ)な話じゃないか、こういうのって。だからあらためておどろいたんだよなあ。

アパートの大家さんも、あんたの身元とか、どこかに身寄りの人がいるのかどうかなんてことまでは知らなかったんで、民生委員が何か知ってるかもしれないってことになったんだ。それで呼ばれてきた人が倉本(くらもと)さんだったんだよ。お登美にもよくきてて、おれもすっかり顔なじみになってた倉本さんさ。あんたもいまならまだ覚えてるだろう？　小学校の先生上がりにしちゃ、やたらに演歌をいっぱい知ってて、歌も遊び馴れた感じでうまい人。

おれは倉本さんがあんたのところの民生委員をやってるなんて知らなかったし、倉本さんもそんな騒ぎになってるあんたのアパートにおれがいるとは思ってなかったんだろうから、おたがいに妙なところで会ったねってことになったんだけどさ。でも、縁というか巡り合わせっていうか、世の中には面白いこともあるもんだな。あんたのところの民生委員が倉本さんじゃなくて、おれの知らない人だったら、いまごろこうしておれがあんたの骨箱に向かって語りかけることにはなってなかったはずなんだ。

倉本さんは仕事熱心な民生委員なんだね。あんたに息子が一人いて、川崎に住んでるってことを、あの人は知ってたよ。それで、倉本さんとおまわりさんたちが、あんたの持ち物を調べて、その中から息子の連絡先を探し出すことになったわけだよ。そのうちに警察も事件性はないと思ったみたいで、あんたはようやく救急車に乗れたわけ。もう間に合わないんだけどさ。おれはそれを見送って、倉本さんに何かわかったら電話をくれって頼んで、アパートに戻ったんだ。

それからすぐにおれは、お登美の常連仲間につぎつぎに電話をかけて、あんたが死んじまったことを知らせて、あとの段取りはママの息子がきてからの話だけど、明日あたりが通夜になるんじゃないかって言っといたわけ。みんなびっくりしてたさ。死んでるあんたをおれが最初に見つけたって聞いて、ママのアパートに何しに行ったんだって、口とんがらせた顔が目に浮かぶような口ぶりで問い詰めた奴が七人いたよ。永田(ながた)、高井(たかい)、横川(よこかわ)、中山(なかやま)、土井(どい)、上野(うえの)、小谷(こたに)。この連中のほかの、いい年こいた客たちも、みんなあんたを張り合ってたんだもんな。

おれたちがお登美で顔を並べて飲んでると、ほかの若いなじみの客なんか、ここは年金酒場だなんて言って笑ってたじゃないか。たしかにおれたちの仲間はそろって年金暮らしみたいなことになってるんだから、年金酒場とはうまいことを言うっておれは思ってたよ。だけど東の爺さんと同じで、前期高齢者も後期高齢者も、色気方面のことは話は別だって、みんな思ってるからな。

あんたが死んでることがわかったきのうの夜に、倉本さんがおれに電話をくれて、連絡のついたあんたの息子がきょうこっちにくるってことやら、あんたの死因やらがいろいろわかったんだ。

あんたは自分じゃよくわかってないだろうけど、心臓麻痺を起してそのまま逝っちゃったんだってよ。救急車も呼べなかったみたいだから、きっとあっというまのことだったんだろうな。遺体を調べた医者の話だと、あんたが死んだのは十一日の午後あたりだろうってことだから、倉本さんとも電話でそんな話をしたんだけど、もしかしたらあんたはあの日の大地震の揺れでびっくりして、その拍子に心臓が止まっちゃったんじゃないのか。医者もあんたの体には、心臓麻痺を起す元になるような異常の痕跡は、何も見当たらないって言ってるそうなんだから。

それはともかくとしても、あんたが冷たくなったまんまで、東さんが見つけてくれるまでのまるまる三日間、誰にも気づいてもらえないで放っとかれたっていうのがなんとも切ないよなあ。哀しい。憐れな気がして胸が詰まるよ。死んだのが昼間だっただろうって話だから、アパートの部屋の鍵もかけてなかったんだろうけど、その間にあんたのところに顔を出す人間が誰一人いなかったてのも、ついてなかったよなあ。

あの日はあの大地震で、このあたりだってあれだけ揺れたんだから、隣近所で大丈夫だったかって声をかけあうぐらいのことはありそうなもんなのにな。おれなんかもそうだけど、ここでアパートなんかに住んでるのは、元々からの土地の人間じゃなくて、よそから入ってきた連中だから、同じアパートの者同士でもあんまり深くはつきあわないんだよね。こんな田舎の町でも、そういうところは都会と変わらなくなってるもんな。

それは仕方がないのかもしれないけどさ、不人情なのはあんたの息子だよ。あんたの息子はきょう早くにくることはきて、倉本さんと二人で病院であんたの遺体と渋々みたいに対面して、火葬場にも顔を出したんだけど、あんたの骨を引き取って葬うつもりはないって言ったんだよ。病院で倉本さんがそう言われたそうなんだ。あんたにとっちゃ、なんとも情けない辛い話だよな。

あんたの息子は、倉本さんにこう言ったんだってさ。自分は母親が新潟の湯沢温泉で芸者をしてるときにできた私生児で、父親にも認知されないまんま、五つのときに伯父さんの家に預けられて、そこで育ったから、母親らしいことは何もしてくれなかった人間のことは親だとは思っちゃいないし、伯父さんのところに預けられてからいまになるまで、あんたと顔を合わせたこともろくになくて、最後に会ったのは、三年前のその伯父さんの葬式のときだったって。

倉本さんはあんたの遺骨が宙に浮いても困るし、あんたの息子の話を鵜呑みにする気にもなれなくて、市役所にわけを話してあんたの戸籍を当たってもらったら、たしかにあんたが昭和四十七年の七月に、隆という名前の私生児を産んでることと、ほかにはもう誰も身寄りの人間は生きてないってことがわかったって言うんだ。

それで倉本さんは、どんな事情があったにしても、実の親子には違いないんだから、そんな薄情なことを言わないで、お母さんをちゃんと葬ってやんなさいって、三十九になるあんたの息子に言い聞かせたらしいんだ。だけどあんたの息子は聞く耳を持ってなくて、身寄りのいない者が死んだときは、そこの市役所が無縁墓を探して、そこに遺骨を納めることになってるって話を聞いてるから、あんたのこともそうしてくれの一点張りだったんだってさ。

それで結局あんたの息子は、病院であんたとの対面をすませてから、リサイクル屋を呼んで、あんたの家財道具から何から一切合切(いっさいがっさい)を処分してアパートを空けて、あんたの貯金通帳と印鑑とキャッシュカードだけ持って、火葬が終ったらすたこらさっさと帰っていったわけだよ。

倉本さんはあんたのアパートで、警察と一緒にその息子の連絡先のわかるものを探してるときに、あんたが持ってた二冊の貯金通帳をのぞいてみたらしいんだけど、あんたは一千万円とちょっとのお金を残してたっていうじゃないか。あんたの息子はそのお金はちゃっかりといただくけど、あんたの葬いやら遺骨の始末なんか知ったこっちゃないってわけだ。あんたの貯金が息子のものになるのは当たり前の話だけど、骨は無縁仏にしてくれはないよなあ。

あんたの息子が倉本さんに言った話がそのとおりだとしたら、そりゃまあ、あんたも息子にしてみりゃひどい母親だったのかもしれないけどさ。何があっても親子じゃないか。死んだらみんな仏になるんだから、恨(うら)みも水に流してやればいいのにねえ。

おれたちはその話を、火葬場ではじめて倉本さんから聞いたんだ。火葬はきょうの午後三時からだってことだったんで、おれが連絡を回して、お登美の常連客も十人近く集まったんだ。東さんも高井さんも小谷さんも土井さんもきてたよ。それから永田さんと横川さんだったな。あんたの息子は倉本さんの車に乗ってきて、倉本さんがおれたちに引き合わせてくれたんだ。

そのときにおれは、エッて思ったんだよなあ。だって、あんたの息子は野球帽にダウンジャケット、ジーパンでズック靴って格好だったんだから。普通は母親の火葬をするってときなんだから、それなりの服装ってものがあるじゃないか。それに、あんたの息子は、倉本さんがおれたちに引き合わせてるときも、ろくに挨拶(あいさつ)らしいこともしないで、ちょこんと頭を下げるだけだったんだ。あんたが死んでるのを最初に見つけたことになってるおれにだって、あんたの息子はそうだって倉本さんに教えられてても、世話をかけたの一言もなかったんだから。別に礼なんか言ってくれなくったっていいけどさ。いまどきの人間はこんなもんなのかって思って、おれはちょっと呆れたよ。

それで、骨を壺に納める段になったときは、あんたの息子はいなくなっちゃってたんだ。火葬場の人に訊いたら、タクシー呼んで帰っていったっていうわけさ。そして倉本さんが、実は息子は母親の葬いも何もするつもりはないって言ってるって話を、おれたちにしたんだよ。だからみんなであんたの骨をひろったよ。なんとも言えない気持ちだったと思うよ、みんなも。

で、まあおれたちも、それじゃあママも浮かばれないだろうから、無縁仏になるのは仕方がないにしても、せめてささやかな葬式ぐらいは出してやろうじゃないかって話になったんだ。お登美の他の常連客たちにも呼びかけて、ちょっとばかり香典をはずんでもらえば、通夜とお別れを一緒にした葬式らしいことぐらいはそのお金でやれるんじゃないかってわけだったんだ。

言い出しっぺはおれだったんだけどね。葬式代の足りない分は、おれが持つつもりにしてたんだ。考えてみれば、あんたとは一回だけにしたたって抱き合ったこともあったんだし、もっとどうにかしてたら一緒に暮らしてたかもしれないわけだからさ。そうなってたら、あんたも息を引き取ったまんま、三日も放っとかれることにだってならなかったんだって思うと、そのまんま知らん顔ですませちゃう気にならなかったんだ。

それに、おれだってこの先はあんたと同じように、ぽっくり逝ったまんま、何日も誰にも気づいてもらえないってことになるかもしれない身の上なんだからさ。えらく身につまされたんだよ。おれも独り者で、身寄りなんか一人もいないんだから。誰が言い出したのか知らないけど、いまはテレビでも新聞でも、当たり前みたいにして孤独死ってことばを使ってるよね。孤独死って言い方は、思いやりがなくて突き放してるみたいな感じがするから、おれは気にくわないんだ。そのまんま普通に、単独死とかって言われるほうがまだましだよ。赤の他人が孤独死なんて言うのは大きなお世話じゃないか。

まあそんなことはどうでもいいんだけど、こういうことになるんだったら、あんたがおれに、独り者同士で一緒に暮らさないかって言ってくれたときに、ちゃんと真面目にその話を考えればよかったなと思って、おれはいまえらく後悔してるんだ。いまさらいくら悔んだってはじまらない話なんだけどさ。あれもお登美でたまたまあんたと二人だけになったときで、どっちも酔っぱらってたから、おれはあんたが調子のいい冗談を言ってるんだろうとしか思わなかったんだよなあ。ほんとはあれは、おれにはとびつきたいような話だったんだよ。あんたが一緒に暮らさないかって言ったのは、ふざけたはずみみたいななりゆきで、店の小上がりであんたとセックスをした、その一週間か十日ぐらい後だったよな。だから、そのときはおれも、あんたは本気でおれと一緒に暮らしたいと考えてるのかもしれない、とは思ったんだよ。セックスをしたあのときはあんたは、今夜は早仕舞いだって自分から言って、のれんをさっさと下ろして表の明りも消して、入口の鍵も閉めて、カウンターの電灯だけにして、ふざけながらだったけどもおれをその気にさせたんだもん。

それでもおれが、一緒に暮らしたいっていうあんたの話に乗り切れなかったのは、ひとつにはあんたが東さんと寝てるし、小谷さんともできてるって話を聞いてたからなんだ。ほんとにそうだったのかどうか、そういう噂がお登美の常連たちの間に流れてるのをあんたが知ってたかどうかは、おれにはわからないし、それがどこから出てきた話なのかもはっきりしないんだけどね。でも、そういう噂のあるあんたと一緒に暮らすのは、ちょっとおれも二の足を踏んだわけだよ。

それにおれは、六十八のこの年になるまでに、女にはいろいろと煮え湯を飲まされてきたもんだから、もう独りでいるほうが気楽でいいやって、ずいぶん前から思うようになってたんだよ。そういえば、あんたもおれがどこの生まれで、どういう人生をたどって房総半島のこの海べりの町に流れついたのか、何も知らないまんまで終っちゃったわけだ。そんなこと、一度も話したことはなかったよなあ。

お骨になっちゃったあんたに、いまさらこんなことを話したって仕方がないんだけど、おれは鳥取県の境港(さかいみなと)で生まれ育ったんだ。

貧乏漁師のひとり息子だよ。親父が早死にしたんで、兄弟は一人もいないんだ。親父はおれが二つになった年に、海の事故で船ごと沈んだっきり、遺体も見つからなかったらしい。おれが物心のつく前のことだから、親父のことは顔も何も憶(おぼ)えちゃいないんだ。そのうちにおふくろは、何がどうなったのか子供だったおれにはいきさつはわからないんだけど、地元の老舗(しにせ)の料亭の旦那(だんな)の二号になって、小料理屋をやりながらおれを育てて、水産高校に行かせてくれたんだ。

　そこのところは、あんたとおふくろはちょっと似通(にかよ)ってるねえ。おれが聞いてた話じゃ、あんたは熱海(あたみ)で芸者に出てるときに、勝浦(かつうら)の水産加工会社の社長に気に入られて落籍(ひか)されて、この土地で自前の芸者をつづけてから、その社長にお登美を持たせてもらったそうじゃないか。おれがこの町で働くようになって、お登美に行きはじめたころは、その社長は重い脳溢血(のういっけつ)で寝たきりになってるって話だったけどね。

それはどうでもいいんだけど、水産高校の機関科を出たおれは、そのまんま大阪の大きな海運会社に入って、遠洋航海の乗組員になったんだ。漁船に乗る気は最初からなかったな。おれは境港から出て行きたかったんだ。おふくろが名の知れた料亭の旦那の二号だってことは、まわりの人間たちはみんな知ってたんで、それがおれはいやだったんだよ。だから境港の漁船に乗るのは避けたわけ。でもまあ、航海から帰るたんびに、おふくろのところに顔を見せには行ってたけどね。

外国航路の貨物船はよかった。世界のいろんなところに行けたし、港々に女ありだったしさ。もちろん商売女ばかりだから、薄気味のわるい思いもしたけどさ。だけど日本の女がみんなだめだった。折角（せっかく）できた恋人も、何カ月ぶりとか、半年ぶりとかで航海から戻ってみると、相手は他の男に乗りかえてたり、結婚してたりってざまでさ。恋仲になった女が六人いたけど、これがみんなつぎつぎにアウトだよ。おれが長い航海から帰ってくるのが待てなかったってわけ。女は信用できないって、つくづく思ったね。まあ、こっちは港々で女買って遊んでるんだから、相手にだけおとなしくして待ってろっていうのも勝手な話だったんだけどさ。

そうしてるうちにあっというまにおれも四十になって、船乗り暮らしにも疲れてきたんで、陸に上がって大阪のホテルのボイラーマンになったんだけど、もうそのころは結婚する気はなくなってたな。年が年だし、仕事はボイラーマンだしで、女の人と知り合う機会もあんまりなかったってこともあるけど、相手を探して仲よくなって結婚するっていう、その途中の段取りが、なんかもう面倒くさくなってたんだよ。セックスのことはお金で始末をつけていけばすむ話だしさ。

おふくろはおれが四十四のときに食道ガンで死んだんだ。いまのおれと同じ年の六十八だったよ。それまではわりにちょくちょく境港には帰ってたんだけど、おふくろが死んでからは、年に一回の墓参りに行くだけになった。おふくろが死んで、おれは近しい身寄りがいなくなって、なんか身軽な気持ちになってたんだよな。だからそれからしばらくして、働いてた大阪のホテルがこの町にリゾートホテルをオープンするんで、そっちに移ってくれないかって言われたときは、二つ返事でオーケイしたんだ。知らない土地に行くのは気にならないどころか、行ってみたいって思うほうが強いのは、身軽な気持ちになってたせいだけじゃなくて、船乗りだったからかもしれないな。

そんなわけで、おれは四十六のときにこの町にきて、それから二十二年が過ぎてるんだから、考えてみれば、ここが一番長くおれが暮らした土地ってことになるんだよねえ。境港だって十八までしかいなかったんだから。大阪なんかたった六年だもん。

おれはこの土地柄が性に合ってた気がするんだ。ここで知り合った人たちは、みんな気性が明るくておおらかなんだよね。半農半漁で観光業関係がちょっとという町だけど、暮らしやすいしさ。ホテルを定年になったいまだって、年金とホテルのバイト仕事だけで自分ひとりの暮らしは、何の不自由もなしにやっていけてるしさ。いよいよとなったらこのあたりの老人ホームに、贅沢なことを言わなきゃ入れて、最期の始末がつけられそうなくらいの貯金もあるんだ。

だからいろいろ考えて、二年前だけどおれはここのやすらぎの里霊園に自分の墓買って、朱文字の墓石も立てたんだ。ほんとならおれは境港の両親が眠ってる墓に入るのが筋なんだけど、身寄りのないおれの骨を、他人の手をわずらわせてはるばる鳥取県まで運んでもらうわけにもいかないじゃないか。だからおれは、気に入っていちばん長く暮らしたこの土地に骨を埋めようと決めたんだ。日本海を見て育った男が、太平洋が見下ろせる霊園に眠ることになるってのも、ちょっとなんかいいなあって思ってるんだよね。そうしてもらうように、おれの地域の民生委員にはもう頼んであるんだ。

お通夜とお別れを一緒にしたあんたの葬式は、略式だったけど格好はついた気がするんだよ。場所は光善社のメモリアルホールで、段取りも全部光善社に頼んだから、坊さんがきてお経もあげてくれたし、精進落しの席もちゃんと用意したよ。ささやかなもんだったけど祭壇も飾れた。遺影は小谷さんが前に店で写したデジカメの写真を引き伸ばして、ちゃんと額に入れて持ってきたんだよ。

集まったのは二十二人だ。ほとんどがお登美の客だけど、酒屋の親父とあんたのアパートの家主さんも夫婦できてたよ。集まった香典がそのまんま光善社の払いになるんだから、倉本さんが会費制の葬式みたいなもんだって言って、みんな笑ったりしたけどさ。

それはいいんだけども、おれたちの仲間だけが残った格好になってからの精進落しの席が、あんたには申し訳がないけど、妙なことでえらく盛り上がっちゃったんだよ。席に残ってたビールとかお酒とかを集めてきて飲んでるうちに、中山さんがママは年はいくつになってたんだろうって、誰にってこともなしに言ったんだ。そうしたら倉本さんが六十五歳だったって教えてくれたんで、みんなぶったまげたわけさ。倉本さんはあんたの戸籍を見てたわけだから、年もわかってたんだね。

いやいや、あんたが六十五だったと知って、おれもおどろいたなあ。おれはあんたのことを、まだ五十をちょっと過ぎたくらいだろうって思い込んでたんだから。それはおれだけじゃなくて、その場にいた全員が、ママは五十そこそこか、いっててても五十半ばくらいだろうって思ってたって言ったんだよ。いくらおれたちがいつも酔っぱらってて、お化粧してるあんたしか見たことがなかったっていいってても、あんたの顔の表情の動きやら、目元やら体つきなんかの色気は、とてもじゃないけど六十を過ぎた女が持ってるもんじゃなかったんだから。

それはねえ、見た目だけの話じゃないよ。残念ながら一度きりになっちゃったけど、おれはあんたを抱いたことがあったんだからね。あれはまだつい半年前のことだよ。去年の秋口だったんだから。あのときのあんたの肌の手ざわりも体の若さも、おれには五十そこそことしか思えなかったよ。とてもとても、六十五になる女の体じゃなかったぞ。といっても、六十になってる女の体をおれが知ってるわけじゃないけどさ。

正直に言うけど、おれはいまでも二カ月か三カ月に一回ぐらいは千葉のソープランドに行ってるんだけど、この年であんまり若い子を相手にするのは気が引けるんで、店でいちばん年上の子を頼むんだよね。それだって相手に年を訊くわけにはいかないけど、もしかしたら四十になってんじゃないかって思うようなのもいるんだよ。その連中となんとなくくらべてみても、あんたの体はおれにはせいぜい五十そこそこぐらいとしか思えなかったんだ。

そうやってあんたのほんとの年がわかって、みんながわいわい言ってるうちに、高井さんが東の爺さんに、あんたはママとできてたって話だから、ママの体もどんなふうだったか知ってるんだろう、供養になるからここで教えろって言い出したんだ。あの爺さんは最初は手を振って、そんな噂はでたらめだなんて言ってたけど、みんなに供養だ供養だ、白状しろって迫られて、とうとう口を割ったんだよ。爺さんはあんたのことを観音さまみたいにいい女で、体も四十半ばぐらいにしか思えなかったって言ったよ。

東さんは、二年ぐらい前にあんたと寝るようになって、いつも昼間に車でラブホテルに行ってたって言ったけど、最初にあんたを抱いたときに、うちの嬶も四十半ばのころはまだこんなふうに乳も肌もモチモチしてたなあって思ったそうなんだ。東さんが言うには、その嬶もママと同じでいま六十五になるけど、そっちは乳は空っぽの袋みたいで、どうすればこうなるのかって思うような見事な三段腹になってて、しわしわの尻の脚との境目のところには、にぎりこぶしが入るくらいのくぼみができてるありさまだから、それがママと同じ年だとはとても思えないんだって。だから、それを聞いたみんなが爺さんに、かみさんの裸をそこまでよく見てるってことは、かみさんともまだやってるってわけだって冷やかしたら、東さんがケロリとして、家にあるもんだから使わなきゃもったいないし、外でママとやってんだから、たまには嬶のもさわってやんなきゃ悪いじゃないかって言うもんだから、みんな大笑いしたよ。あんたの遺骨の前だっていうのに。

そうして今度は東さんが小谷さんに、おめえさんもママと寝てただろう、おれが問い詰めたら、ママが笑って白状したぞ、ママは小谷さんは奥さんが寝たきりでセックスどころじゃなくなってるから、かわいそうだと思って慰めてやってたんだって言ったぞって、ばらしちゃったんだよ。そしたらみんながまた、供養だから話せってせがんで、小谷さんも頭かきながらしゃべったんだ。

小谷さんもおれのときと同じで、遅い時間にお登美でママと二人きりになったときに、ママのほうから誘ってきて、店の小上がりでやったのが最初で、それからは東さんと一緒で昼間にラブホテルに行ってたんだってな。それで小谷さんも、倉本さんからあんたのほんとの年を知らされるまでは、あんたのことを五十近くぐらいだろうって思ってたって言ってたよ。

　おれは小谷さんの話を聞いて、あんたがおれと寝てくれたのは、おれが独り者で、病気の奥さんを持ってる小谷さんと同じようにセックスに縁がないと思って、慰めてくれる気だったんだろうなって思ったんだよ。そんなことを考えてたときに、高井さんが、ママは東さんとも小谷さんとも寝てたくらいだから、ほかにも相手をしてもらった者がいるんじゃないか、いたら手を上げろって言ったもんだから、おれは釣られて手を上げちゃったんだ。釣られたっていうより、あんたを物にしたのは東の爺さんや小谷さんだけじゃないぞっていう、なんか張り合うような気持ちがあったんだよ、あのときは。だから一回だけだったたっていうのがしゃくだったからさ、ホテルに行ったり、おれのアパートで寝たりしてたなんて言って、見栄張っちゃったんだよ。いくつになってもばかだよなあ、男ってのは。

　だけど、ばかはおれだけじゃなかったんだよ。ママと寝たことがあった者は手を上げろって高井さんに言われて、もぞもぞと手を上げたのがおれのほかにも二人いたんだから。永田さんと横川さんだよ。嘘かほんとか知らないけど、永田さんは十年くらい前までママとそうなってたけど、奥さんにばれそうになったんで止(や)めて、横川さんは三年前に前立腺(ぜんりつせん)のガンで手術してからモノが立たなくなったんで、一巻の終りになったんだって言ってたよ。

　それでみんなが、なんだなんだってことになったわけさ。そりゃそうだよね。ほんとにそうだったのかどうかはあんたしか知らないことだけども、五人の客がお登美のママと寝てたって話を告白する騒ぎになったんだもん。とんでもない供養だよね。あんたのことだから、あの色っぽい眼でふふふって笑ってるかもしれないけどさ。で、高井さんが、それならお登美の開店からいままで、ママがいつ誰と寝てたのか、その時期と順番を整理してみようじゃないかって、物好きなこと言いはじめたんだ。あの人はスーパーで経理の仕事をやってた人だから、こまかいことまで考える癖がついちゃったのかもね。

　それで、あんたの相手の一番手が永田さんで、これがお登美の開店の四年後の平成五年の春から、平成十三年の夏までの八年間。二番手は横川さんで、これは平成十二年の暮れから二十年の秋口までだったっていうんだから、永田さんの終りのほうと、横川さんのはじまりのところの半年ばかりは、二股(ふたまた)状態だったことになるってわかって、また座が盛り上がったよ。

だけど、三番手の小谷さんも、あんたと寝はじめたのが平成二十年の梅雨(つゆ)どきだったって言うんだから、これも横川さんと三、四カ月はダブルになってて、それが今度は平成二十二年のはじめからはじまったという東さんとのダブルに変わって、そこに五番手のおれが参加したから、最後の半年はあんたは三人を相手にしてたってことになったもんだから、もうみんなあんたの博愛主義に感動してたよ。

あんたに情けをかけてもらえなかった高井、中山、土井、上野の四人は、あんたが二股三股かけてたのは、相手をした五人組の連中が、みんなしっかりあんたを満足させられない年寄りになったからで、男としてだらしがないぞ、なんて言ってたけどね。

でも考えてみれば、あんたはお登美をはじめたときは四十三歳だった勘定(かんじょう)になるんだよね。四十しざかりっていうぐらいのもんで、女の四十代はいちばん男が欲しい年代だっていうもんな。いろいろとつぎつぎにあっても当たり前だよ。それに、一番手の永田さんと二番手の横川さんが、最初にあんたを抱いたときに、ママはまだ三十代前半ぐらいの年だろうと思ってたって言ったんだから、六十五になったあんたが五十そこそことか、五十半ばに見えたって不思議じゃないね。きっとあんたは、こまめに絶え間なしに、つぎからつぎに男と寝てたから、あんなふうに若さを失くさないでいられたんだろうな。

ほんとにあんたは男好きで、男にもみんな好かれたいい女だったよ。あんたが永田さんやら横川さんやら小谷さんやらと、取っかえ引っかえしてお客と寝てたってわかっても、誰もあんたのことを悪く言う者はいなかったんだから。死んじまうなんて、あんたには早過ぎた、ほんとにもったいないって、みんな言ってたんだよ。おれもつくづくそう思うんだよ。

それでね、そんなにいい女だったあんたをこのまんま無縁仏なんかにするのは忍びないじゃないか、て倉本さんが言い出したんだ。だからおれはすぐに、自分ひとりが入るつもりの墓をもうやすらぎの里霊園に立ててるから、もしそういうことが問題なしにできるんだったら、ママにはおれの墓で眠ってもらいたいって言ったんだ。倉本さんが口火を切ってくれたから、おれも話を持ち出しやすくなったんだけど、放っとけばあんたが無縁仏になるってわかったときから、おれはそうしたいって考えてたんだよ。

　そうしたら倉本さんが、市役所には自分が話を通すから問題ないって言って、みんなも安心したんだよ。東の爺さんも小谷さんも、女房さえいなけりゃママのお骨を引き取って自分の家の墓に納めたいところだ、なんて言ってちょっと口惜(くや)しそうにしてたぞ。でもみんな、おれの墓にママが眠ってくれたら、いつでも墓参りに行けるから、こんなにいいことはないってよろこんでたよ。

　だけど問題はあんた、菅原富子さんだよ。あんたがよろこんでおれの墓に入ってくれるのかどうか、おれにはわからないんだから。おれとしては、たった一度きりのことだったけど、あんたが一緒に暮らしたいって言ってくれたことを、いまごろになって本気で考えて、この世じゃ冗談話だと思って聞き流したことを、あの世でほんとのことにしようって思ってるところなんだ。おれもそんなに遠くないうちに骨になるんだから。骨になっても一人よりは二人で一緒にいるほうが寂しくなくていいじゃないか。無縁仏になって、見知らぬ人たちの中で眠るのよりましだろう。

新潟で生まれて、どんな事情かわからないけど芸者になって、シングルママになって、その息子も手放して、おそらくはあっちこっち流れ歩いただろうあんたと、鳥取の境港で生まれて、結婚もしないでふらふらしながら生きてきたおれが、本州の反対側の太平洋に面したこの土地でめぐりあって、二十二年間近しくして、一度はセックスまでしたことがあるっていうのも何かの縁だよ。そう思っておれの墓に入ってくれないか。

おれも縁者はいないから、やすらぎの里霊園には、永代管理の手続きがしてあるんだ。死んだ後の供養のことなんかどうでもいいやって思ってたけど、あんたがおれの墓に入ってくれたら、おれが死んだあともあんたを目当てに、お登美の常連さんたちが墓参りにきてくれるかもしれないしさ。そうなればおれも供養のお裾分けにありつけるんじゃないかって思ったりするんだよ。

そりゃあんたは、永田さんやら横川さん、小谷さん、東さんとは何年も関係があって、おれとのセックスは一回だけだったから、ほかの四人の中の誰かの墓に入りたいって望んでるかもしれないけど、あの人たちはみんなかみさんがいるんだから、それは無理だよ。だからさ、不服かもしれないけどおれの墓で先に眠っててほしいんだ。ひとりぼっちでいるのはそんなに長くはないはずだからさ。

ダブルベッド

（なんだかなあ……）

丸刈りのごま塩頭に手をやって、米田は小声の独り言をもらした。窓際の小さなソファにあぐらをかいて坐り、湯上がりのビールを飲んでいる浴衣姿の米田なのだが、眼の端に映っているベッドが気になって、いっこうにくつろげないでいるのだ。

きちんととととのえられているのは、キングサイズのダブルベッドだった。皺ひとつないカバーのかかった二人分の大きな枕が、それぞれ二つ重ねにしてぴたりと寄せて並べてある。なんだかそのようすも、自分をからかっているかのように米田には見える。

チェックインした昼間に、景子と一緒にその部屋に案内されて、そのダブルベッドが眼にとびこんできたときも、米田は思わずうろたえた。景子も少し戸惑った眼になっていた。案内してきた客室係の若い女が、どうぞごゆっくりと愛想よく言ってひきあげていくと、すぐに米田は困惑を景子にぶつけた。

『ちょっとさあ、ダブルベッドはまずいよ。同じ部屋になるのは仕方がないけど、せめてツインの部屋に変えてもらおうよ』

『でも、倉田さんのほうで用意してくれた部屋なのよ。宿泊料も向こうさま持ちなんだから、勝手は言えないんじゃないの』

景子はもう平然とした顔にもどっていた。それがさらに、米田の尻ごみするような気持ちをあおってきた。

『そりゃそうかもしれないけど、まいったな』

『もしかしたら倉田さんの親ごさんが地元だからということで、式と披露宴の予約をして、そのときにこの部屋も一緒に取ってくださったのかもしれないわよ。向こうのご両親には、あたしたちがとっくに離婚してることは内緒にしてあるっていうんだから、気をきかせてダブルベッドの部屋にしてくださったんじゃないかしら』

『だったらありがた迷惑だ。だいたいだよ、おれたちが離婚してるのを、なんで向こうの親に隠さなきゃならないのか、おれにはわからんな。いまどき離婚なんて珍しい話じゃないんだから』

『しょうがないわよ。真利子(まりこ)と倉田さんがそうしてほしいって言ってるんだから。あたしたちだけじゃなくて、真利子もバツイチで、おまけに倉田さんより年上ってこともあるから、あの二人が少しでも印象をよくしようと思って、倉田さんの親ごさんの手前をとりつくろおうとする気持ちは、あたしはわかるわ。それに、結婚式に出てる花嫁の親が離婚してるんだとわかったら、縁起がわるいって思う人たちだっているかもしれないじゃないの。倉田さんはピカピカの初婚なんだし……』

『そのとばっちりがこのダブルベッドかよ』

『そんなにあたしと一緒に寝るのがいやなら、今夜一晩だけのことなんだから、端っこと端っこに離れて寝ればすむことじゃないの。ベッドはこんなに広いんだから』

景子はなんのこだわりも感じていないようすで、笑っていた。米田は自分の屈託を笑われた気がした。昼間のやりとりはそれで打ち止めとなった。それ以上は何をどう言えばいいのか、米田にもわからなかったのだ。以来、式のときも披露宴の間も、そのダブルベッドのことが米田の頭にひっかかったままになっていたわけだった。

山口県の西のはずれの、海に面しているホテルだ。すぐ前の長い渚を洗う静かな波の音がつづいている。カーテンを開け放ったままの広い窓から、満天の星のきらめきと、向かいの島の人家のまばらな灯が望める。けれども米田は、折角の旅情にもひたる気分になれない。披露宴の酒もずいぶん飲んだつもりだけど、酔いは頭のどこかにしこったままになっている。酒が弱ければ、交替で入った風呂から景子が上がってくる前に、酔いつぶれて先に眠り込むという逃げ道もあるだろうにと思うと、いくら飲んでも正体を失うことのない自分の体質が、今夜だけは米田は恨めしくなる。一緒に東京からやってきた息子夫婦にも、ダブルベッドの部屋が用意されていたのだろうか、などということがふと米田の頭をよぎった。しかし、そんなことを確かめるわけにもいかない。確かめてどうなるというものでもない。

「ああ、さっぱりした。あたしもビールをごちそうになっちゃおうかな」

景子が浴衣姿になって浴室から出てきた。貸衣裳の黒留袖（くろとめそで）向きにセットした髪を洗い、化粧も落とした素顔の頬がうっすらと上気している。

「朝風呂も気持ちよさそう。湯舟につかったままで海が眺められるんじゃないかしら」

冷蔵庫から缶ビールを取り出しながら、景子が言う。米田は窓に眼を投げたままで、曖昧（あいまい）に生返事をした。缶ビールとグラスを手にした景子は窓際にやってくると、ソファと向きあった肘（ひじ）かけ椅子に腰をおろした。

「ねえ、知ってる？　ここの正面が日本海と響灘（ひびきなだ）という海とのちょうど境い目になってるんだって。だから両方の潮流がぶつかって、泡立つ波が川の早瀬みたいになるのが見られるらしいのよ」

テーブルに置いたグラスに缶のビールを注ぎながら、景子が言う。

「倉田君がそんなこと言ってたな。おれは見てないけど……」

「あたしは式のあとに倉田さんのお母さんから聞いたの。もう暗くて見えないけど、あした起きたら見てみようかな」

「どうってことないだろう、そんなもの見たって」

米田の白けた返答を聞き流して、景子は注ぎ終えたビールを勢いよく飲み、声とひとつになった大きな息を吐いた。それから景子は晴ればれとした口ぶりで言った。

「きょうは大役、ごくろうさまでした。いい雰囲気だったわね、披露宴も。バージンロードを歩くときのお父さん、羽織袴にごま塩頭がなんかぴったりで、格好よかったよ」

「日本人の年寄りなら誰だって、羽織袴ぐらいはさまになるんだよ。真利子もよくやるよ。なにがバージンロードだ。あいつは二度目の赤絨毯なんだから。それも三十六になる花嫁ときたもんだ」

米田はわざと毒づいた。式服のことで景子が世辞めいたことを言ったのが、こそばゆかったせいだった。

「そんなこと言わないの。真利子もやっとこれで落着きそうなんだから。お父さんの口のわるさはちっとも変わってないのね」

景子は笑った眼で米田をにらんだ。

二人の間にはじめて子供ができたときから、景子はずっと米田のことを〝お父さん〟と呼んでいた。別れて十二年になるいまも、同じその呼び方がごく自然になめらかに景子の口から出てくる。それが米田の耳に据わりのわるさを残す。だからといって、文句をつけるのも大人気ない気がするのだ。

「だけど、おまえもなかなかの役者だよな。おれはああいうのは苦手だな。誰かに偽物の夫婦だってことを見抜かれそうな気がしてさあ。式でも披露宴でもひやひやのしどおしだったぞ」

「だって、偽物っていっても、まるまるの偽物というわけじゃないんだもの。離婚するまでの二十七年間のキャリアがあるわけだから、わざわざお芝居なんかしなくても、そのつもりになればいまだって自然に夫婦に見えるわよ」

「そういうもんかね」

「そういうものよ」

決めつけるように言って、景子は口にはこんだビールのグラスを大きく傾けた。浴衣の襟元から伸び出ている景子のほっそりとした首が反り、張りの失せた白い喉が小さくうねる。見るともなしにそこに眼を投げた米田はふと、自分より五つ下の景子も六十歳になったのかと考えて、なにやら感慨めいた思いを誘われていた。


どこにでもころがっているような、平凡な恋愛結婚だった。それが歳月とともに色あせて、立ち枯れていくようなあんばいで離婚に行き着いたいきさつも、ごくありふれたものなのだ。

自動車メーカーの工員だった米田が、同じ工場の事務係の景子をみそめたのがはじまりだった。景子も最初から好意を返してくれて、二人の仲は順調に進んだ。どちらも地方の高校を卒業して働きに出てきた身だったので、会社の独身寮に住んでいた。工場も寮も神奈川県の追浜にあった。デイトの場所は横浜か東京だった。

米田の郷里は青森で、景子は熊本の出身だった。知りあったころはまだ二人の口には、それぞれのお国訛りが残っていた。北と南に遠く離れている二つの土地の訛りには、どことなく似通っているところもあった。米田も景子もそのことを面白がった。わざと互いの郷里の方言を丸出しにして話し、それを翻訳しあって笑いころげることもよくあった。

景子はおとなしそうに見える顔立ちと裏腹に、茶目っ気たっぷりで、物事にこだわらない素直な性分だった。米田はそこが気に入っていたのだが、景子が自分のどこに惹かれているのか、彼にはよくはわからなかった。米田は自分のことを、口がわるくて照れ性で、頑固なところもあるけど、根は気が小さくて心のやさしい男だと思っていた。それはいまも大筋では変わっていないつもりなのだが、齢を取るにつれて頑固さが増し、やさしさが減って、偏屈に近くなっていることも自覚している。

結婚したのは、付き合いをはじめた一年後だった。工場の課長が仲人役を買って出てくれた。新婚旅行は宮崎で、ハネムーンベビーの慎一が生まれ、二年後には真利子がつづいた。夫婦は子供は二人で止めて、マイホームを手に入れ、慎一と真利子を大学に入れてやる、という目標を立てた。戦後の貧しい暮らしを、記憶の底にぼんやりと残している当時の若い夫婦の多くが望んだものを、米田と景子も求めたわけだった。

横浜の郊外の三ツ境に新しく開けた住宅地の、建売りの家に移り住んだのは、真利子が小学校に上がる年の春先だった。転校した慎一も、なんのこともなく新しい学校になじんでくれた。景子は新築のわが家をたえず磨きあげ、インテリアに凝り、形ばかりのせまい庭に桜の苗木を植え、小さな花壇をこしらえた。米田は勤めている工場が遠くなったけれども、自分の働きでマイホームを手に入れたよろこびと誇らしさの前では、電車を乗り継いでの通勤も苦になどならなかった。思えばそのころが、米田の家庭生活の黄金期だった。夫婦仲もしっくりしていたし、子供たちもいとしかった。米田は子供の相手をするのが好きだった。幼児のころの慎一と真利子の遊び相手も上手にこなしていた。三ツ境に移った時分は、トランプゲームとキャッチボールと将棋が、子供たちとの遊びのプログラムになっていた。慎一も真利子も、父親に教わった将棋とトランプゲームの数々に夢中になった。米田が独身寮にいるときに覚えたそれらの遊びが、そんなところで役に立ったわけだった。

慎一が高校に進学すると、景子は生命保険会社の契約社員になって、外交員の仕事をはじめた。子供も手を離れたから、自分も働いて家計を助けたいと景子が言い出したときは、米田は異を唱えた。家族は父親が養うもので、母親は家庭を守るのが本分だとする考え方にとらわれていた米田には、夫婦共働きに抵抗感があったのだ。だが、結果的には米田もうまいこと景子に丸めこまれた。マイホームの月々のローンの支払いがこれこれで、子供たちの進学塾の授業料がこれこれで、将来の学資がこうだと、具体的に数字を並べられると、心配するな、おれに任せとけと見えを切るだけの自信も根拠も、米田にはないのだった。そして彼は、景子の成約第一号の客となって、生命保険に加入させられた。

夫婦の目標は着実に達せられていった。慎一も真利子も、現役のままで公立の大学に進んだ。そのころには景子は、持ち前の明るい性格が向いていたのか、有能な保険外交員になって、いつも支社の個人別の営業成績の上位を占めているようすだった。一方では景子は、家の中の仕事も手を抜くこともなくきちんとこなして、米田や子供たちに不自由をかけるようなことはなかった。だからときどき景子が酒の匂いをさせて、夜おそくに家に帰ってくることがあっても、米田としては咎めるわけにもいかないのだった。

そういうときは、真利子が母親に言いつかって夕食の支度をした。けれども食卓の会話はまるではずまない。慎一も真利子ももう、トランプや将棋の勝ち負けに目の色を変えてさわぐ子供の時期を過ぎていた。自動車工場のベテラン塗装工の高卒の父親と、大学生の子供たちとの間をつなぐ話題は少なかった。米田が何か話しかけても、子供たちは面倒くさげに聞こえる短いことばを返すだけで、やりとりはつづかない。子供たちと声を交わすのは、朝晩に顔を合わせるときだけ、という日も珍しくなかった。そんなふうだから、夕食が終ると慎一も真利子も父親をそこに残して、さっさと自分の部屋にひきあげていく。

しかし、景子は米田と違って、子供たちとよくしゃべりあっていた。あれこれと話の種を見つけて、子供たちを会話に引きずりこむのが、景子は上手だった。さすがに有能な保険外交員だけのことはある、と米田はいつも感心していたのだが、景子は話題が豊富だった。どこでそんなことまで聞きこんでくるのか、若い連中の服の好みや、人気の歌手やバンドの名前なども、景子はよく知っていた。そんな話の中には、慎一と真利子の口から大学の友だちのことなども出てきて、二人とも母親とのとりとめのないやりとりを楽しんでいるようすなのだった。米田もその輪に加わりたいと思うのだけれども、かみあいそうな話の種の持ち合わせがないから、いつも蚊帳(かや)の外で甘んじているしかなかった。そして彼は、常に家族の中心だと思ってきた自分の存在が、いつのまにやら影のうすいものになっそんな思いがひとしお胸に迫ってくるのは、景子が仕事で帰りが遅くなり、子供たちも何やらの用でそれぞれに出払って、米田ひとりが家にいるときだった。テレビを見たり、ちびちびと寝酒を飲んでぼんやりと時間をつぶしたりしていると、米田の気分は沈んでくる。自分だって仕事帰りの仲間たちと一杯やって、夜に家をあけてることがよくあるんだからお互いさまだ、と思いはするのだが、なんだか面白くはない。

景子の帰宅が遅いのは、仕事がらみなのだと米田もわかっていた。外交員同士の付き合いもあるだろう、という理解も持っていた。けれども、いつも念入りな若々しい化粧と身ぎれいな装いで家を出ている景子が、どこかで誰かとにこやかに酒を飲んでいるところを想像すると、もしかしたらあいつはこっそりと浮気なんかしてるんじゃないかといった、考えたくもない疑念が米田の頭をうっすらとよぎってくることも、どうかするとあったのだ。

そんなときだけは米田も、夫婦のセックスがいつからかすっかり間遠いものとなっている現状に、あらためて思い至るのだった。それなのに彼は、景子を浮気などに走らせないように、性生活の充実をめざして奮起しようという気には、なぜだかなれなかった。欲望をもよおすことがなくなっていたわけではもちろんない。けれども事にとりかかる前に、億劫な思いが先に立ってきて、米田はつい不精をきめこんでそれをやりすごしてきたのだ。景子のほうも、以前のように自分から誘ってくることもなくなっていて、二人の気分が阿吽の呼吸で足並みをそろえる、といった具合には滅多にならない。

つまりは夫婦の倦怠期を絵に描いたようなありさまだったのだが、それでも夫婦仲がぎくしゃくしていたわけではなかったし、気持ちは景子と通じ合っているのだと米田は思っていた。それに、切実に女の肌が恋しいと思う質でもなかったので、米田は浮気心をそそられることもなかった。家庭生活に心が満たされないところがあっても、米田のそれは、工場の中年組が集まっている草野球チームの、休日ごとの練習や試合であっさりまぎれる程度のものだったのだ。

ところが、景子の心は米田がそうと気づかないうちに、舫い綱のほどけた小舟のように岸から離れて漂いはじめていたのだ。景子はなに食わぬ顔で、いつからか甘やかな胸のときめきやら、強く抱きしめてくれる男の腕を切実に求めていたわけだった。

　慎一は大学を出ると県庁に勤めて、二十五歳で所帯を持った。真利子も無事に大学を卒業して、製薬会社に就職した。そしてその一年半後には、真利子も早々と結婚した。相手は真利子が通っていた英会話教室の、カナダ人の教師だった。先に熱をあげたのは真利子のほうだったらしい。

　しかしこの結婚は、米田が勝手のちがう外国人の婿（むこ）となじむひまもないうちに、一年ともたずに破局を迎えた。真利子の話によれば、亭主のカナダ人がやたらとお金にこまかくて、共働きをしている真利子のお金の使い方にもいちいち口をはさんでくる上に、ひどい焼き餅やきだとわかってきたので、我慢できなかったのだということだった。それで真利子は、マンション代がもったいないからと言って、元どおりに三ツ境の家から東京の会社に通うようになった。米田としては何はともあれ、そのことに救われた思いがした。

というのも、意外に早々と訪れてきた夫婦二人きりの日々に、米田はなんとなくうまくなじめずにいたところだったのだ。ろくに会話もなくなっていた子供たちでも、いなくなれば物淋しさが残るだろうということは、米田も覚悟していたのだった。だが、それだけではすまなくて、夫婦二人の暮らしがはじまってみると、自分と景子との間にもなんだかもうひとつしっくりしない、納まりのわるさのようなものを米田は感じていたのだ。

具体的に何がどうだと言えるようなことがあるわけではなかった。それに、景子のほうは夫婦だけになった日常に、特に違和感を抱いているようには見えなかった。だから米田は、その納まりのわるさは自分のせいで生まれてくるのだろう、と思うしかなかった。そして彼には、そうなってしまうことの由来も、自分なりに説明がつけられるのだった。

米田は景子のことを長年の間、子供たちの母親として見るようになっていたせいで、相手が自分の女房なのだという意識がすたれたような具合になっていたのだ。だから媒介役を受け持っていた子供たちがいなくなって、景子と二人で直に向き合う段になっても、米田としては亭主としての自分の顔をうまく取り戻すことができずに、なにやら勝手のちがう妙に落着きのわるい気分におちいってしまう、という次第なのだった。おまけに二人のセックスも、まずいことにそのころには間遠さを通り越して、すっかり途絶えたままとなっていたのだから、その方面に夫婦としての仕切り直しの道を求めるのも、米田にはいまさら照れくさい、と思われてくるのだった。

ありがたいことに、景子は相変らず腕のいい保険勧誘員として、いつも忙しそうに外をとびまわっていた。真利子が大学を卒業したころには、仕事の上で有利になるからと言って、景子はゴルフもはじめていた。それで、米田は草野球で景子はゴルフ、といった休日も多くなっていった。それは米田としては大いに助かるところだった。夫婦が顔を並べてゆっくりと休日を過ごしていても、これといって話がはずんだり、どこかに一緒に出かけようかということになったりすることもなくて、米田はただぎごちない気分を持て余すだけだったのだから。

そういうありさまのところに真利子が出戻ってきてくれたわけだったから、米田は娘の軽はずみと思えた結婚の破綻を嘆くより先に、救いの神が現われたと思った。実際に、真利子が戻ってきた途端に、米田は家の中に父親としての居場所が見つかった気がして、景子とも不思議なくらいに自然体で向き合えるようになったのだった。そのあまりのたあいのなさがわれながらおかしくて、米田は胸に苦笑いをもらした。

だが、その安定も長くはつづかなかった。突然の一本の電話で、景子の不貞が呆気なくあばかれたのだ。真利子が出戻ってきて二カ月ほどが過ぎたときのことだった。土曜日の夜で、米田ひとりが家にいた。真利子は会社の仲間と何かのコンサートに行くのだとかで、午後遅くに出かけていった。景子はその日は、支社の慰安旅行で伊豆に行き、翌日の夕方に帰ってくることになっていた。

サカモトと名乗ったその電話の相手は、景子の不貞の相手の妻だった。受話器を取ったのが景子の亭主であることを確かめると、その女は声を抑えた平板なゆっくりとした話しぶりで、よどみなくことばを並べ立てたのだった。

（今夜は奥さんは泊まりがけのご旅行でしょう。わかってるんです。うちの主人もそうですから。ご主人さまはなにもご存じじゃないんですね。あたしは探偵事務所に頼んで、主人とそちらの奥さんのことを調べてもらいました。二人がラヴホテルから出てくるところを、調査員が撮った写真もあるんです。探偵事務所の調査報告書とその写真を、コピーしてお送りしましょうか。それを突きつけたら、主人は開き直って離婚話を持ち出してるんです。主人の話では、そちらの奥さんとの関係はもう二年近くになるそうです。主人の名刺ホルダーにあった奥さんの名刺で、お宅の電話番号がわかりましたので、一応お知らせしておこうと思って電話をさしあげました。それではこれで失礼します。ごめんくださいませ）

それだけで電話は一方的に切れた。受話器を戻した米田は、呆然としたままその場に立ちつくした。景子は四十八歳になっていた。そんな年の自分の女房が浮気をしているとは、すぐには信じられなかった。いまのは質のわるいいたずら電話だったんじゃないか、という気もした。けれどもサカモトと名乗った女は、その日に景子が泊まりがけで家をあけることになっていると知っていた。それが抜き差しならない問いとして、じわじわと米田に迫ってきた。

彼は電話の脇のリビングのガラス戸の外に眼を投げた。そのマイホームを手に入れたときに景子が植えた桜が、いまは立派に育ってちょうど満開の花をつけていた。夜の闇をほの白く染めている花のむらがりが、米田には不意に薄気味のわるいものに思えてきた。うっすらと笑っている見知らぬ女が、黙ってそこに佇んでいるような気がしたのだ。

景子は言い逃れはできないと思ったようすで、素直に裏切り行為を認め、頭を下げて詫びた。米田ははじめから離婚を切り出してゆずらなかった。景子は何度か涙を見せた。米田にはその涙の由来がわからなかった。彼自身は一切の感情を押し殺して、表に出さなかった。景子の不貞の相手のことも、なにひとつ聞こうとしなかった。景子のことも、女房を寝取られて泡を食ったり、怒りを燃やしたりしている情けない自分のことも、さっさと眼の前から追い払ってけりをつけたい、ということしか米田は考えていなかったのだ。なんとか両親を取り成して、離婚を思いとどまらせようとしていた慎一と真利子のことばにも、米田はまったく耳を貸さなかった。

別れ話を呑んだ景子が家を出て、米田と真利子の二人暮らしがはじまった。しかし米田はそのときは、いずれは独居生活の中で年老いていく自分を覚悟した。真利子もいつかは二度目の結婚の相手を探し出して、家を出ていくことになるのだろう、と思っていたのだ。その予測は望ましくない形で、半分だけ当たった。

真利子は熱しやすくて冷めやすい質とみえて、何度も恋の相手が変わっていた。それはことさらに話をしなくても、娘のようすで米田にも察しがついた。その中の何人かの相手とは、同棲するまでにもなった。けれどもそれも、長くて一年かそこらしかつづかず、真利子は三カ月で家に舞い戻ってきたこともあった。いっこうに身持ちの定まらない娘に、米田は気がもめて何度か意見をしたこともあったのだが、効き目が見えないのでいつかあきらめてしまった。同じ兄妹でも、慎一は堅実な家庭生活を送っているのだから、真利子の男好きは母親ゆずりなのだろう、などと米田は思うのだった。

真利子が勤めを持ってる上に、私生活もそんな具合だったから、家には女手がないに等しい状態で、米田はいつしか料理も掃除も洗濯も、手早く上手にこなせるようになった。老後の独居生活のトレーニングだと思えば、そういう仕事は苦にならなかった。工場を定年で辞めてからは、古くなってあちこちに傷み(いた)の出ている家の補修や、小さな庭の手入れなどもこまめにつづけている。景子と別れた当座は、伐(き)り倒してしまおうかと思ったこともあった桜は、あいかわらず春には枝々を花で埋めている。

真利子は患者として出会った歯科医師の倉田幸彦(ゆきひこ)と恋仲になり、やがて婚約を交わした。そこで倉田の両親が、真利子の親に挨拶(あいさつ)をするために、山口県から出向いてくることになった。だから真利子はちゃっかりと、離婚していることを伏せたままで、顔をそろえて倉田の両親と会ってほしい、と米田と景子に頼みこんできたのだ。結婚式の一カ月余り前のことだった。真利子は横浜の中華街の老舗(しにせ)レストランの個室を自分で予約して、両家の親同士の顔合わせの席もさっさと用意していたのだった。

米田と景子はそういうことで、離婚以来はじめてとなる対面をしたわけだった。米田には十二年ぶりに会った景子が、少しだけ頬がふっくらとなり、少しだけ老けた印象を受けただけで、以前とさほど変わっていないように見えた。予想していたような気まずさも、米田を襲ってはこなかった。彼にはそれが意外に思えた。景子も倉田の親たちの手前を意識しているせいか、ばつのわるさなどまるで感じていないようすで、自然にふるまっていた。中華料理の円卓に景子と隣り合って並んでいる間に、十二年前の厭わしい一件にまつわる黒ずんだような思いが、米田の頭によみがえってくるということも起きなかった。そのときに彼の心にわだかまっていたのは、倉田の両親に自分たちの離婚を隠している後ろめたさだけだった。

けれども、座はとてもなごやかな空気に包まれていて、話もはずんだ。地元で市会議員を務め、蒲鉾製造業を営んでいるという倉田の父親は、いかにも世慣れた印象の如才のない人物だった。母親も気さくな感じの話好きの人だった。元々から口が重くて社交性に乏しい米田を補って、こちらは景子が上手に客の相手をこなしていた。
米田はその日からずっと、これで真利子の結婚式にはホテルの部屋で、景子と一緒に一晩を過ごさなきゃならないのかと思って、気の重い毎日を重ねてきたのだ。けれども、それがダブルベッドの部屋になるなどとは、彼は夢にも思っていなかったのだった。

高く上がった半月が、海を照らしていた。それを眼に止めた景子が、はしゃいだような感嘆（かんたん）の声を上げて、窓辺に立っていった。米田もソファに坐ったままで、眼だけを窓の向こうに投げた。青味をおびた月の光の下の海は、わずかにけむっているようなきらめきを見せている。

こうなったら早いところ眠ってしまうしかないと思いながら、米田はさっきからダブルベッドに移る頃合をなんとなくつかみかねているところなのだ。

「毎日どうしてるの。退屈しない？」

向かいの椅子に戻ってきた景子が訊く。

「別に退屈なんかしないよ。ひまつぶしの種はいくらでも見つかるし、一日おきに工場にも通ってるから。バイトみたいなもんだけどね」

「そうなんだってね。慎一に聞いたわ。塗装の仕事をつづけてるんでしょう？」

「塗りむらを探して直してるだけだよ。いまは車の塗装はみんなロボットがやってるんだけど、どうしてもむらが残るんだ」

「草野球はもう引退した？」

「チームが解散になったからな。メンバーがつぎつぎに定年になっちまったんだから」

「でも、よかったじゃない。定年後も仕事がつづけられるんだから。お父さんは塗装ひとすじでやってきた超熟練工だものね。そういえば、真利子がよく言ってたけど、お父さんはお料理もすっかり上手になって、レパートリーも豊富だそうじゃない」

「おかげさんで、やもめ暮らしが長いからな」

「藪蛇だった。厭味を言われちゃったわ。仲よくしてるガールフレンドとかいないの？」

「いるわけないだろう、そんなの。女はもう懲りた」

「そう言われたら、あたしは一言もないけど、ひとりで淋しくない？」

「大きなお世話だ。ひとりのほうが面倒がなくていいよ。自分のことだけ考えてりゃすむんだから」

「それはまあ、そうだけど……」

景子はゆっくりと首を回して、また窓の外に眼をやった。米田はそれを潮にベッドに入ろうかと思ったのだが、なにかを言いさした感じの景子のようすがなんとはなしに心にかかって、ソファから腰が上がらなかった。そのくせに米田は、景子が途中で呑みこんだと見えることばを、こっちから水を向けて促してみようか、という気にまではなれない。そこになにか、意地を張ったような気持ちがはたらいているのは、米田にもわかっていたのだ。

「慎一か真利子からは、あたしのことはなにも聞いてない？」

　しばらくして景子が口を開いた。顔はまだ窓に向けられたままだった。

「聞いてないな、なにも。慎一も真利子も気を遣ってるらしくて、おれの前であんたの話をしたことは一度もないよ」

「そうなんだ……」

　景子は心なしか声を細めて言うと、正面に戻した顔を伏せた。そのようすについ釣られて、米田は訊いた。

「なにかあったのか?」

「なにかあってわけじゃないけど、あたしもあれからはずっとひとりみたいなものだったから……」

「あれからって、あんた、サカモトって男と一緒になったんじゃなかったのか?」

　意外なことを聞かされて、米田は大きく眉を上げていた。景子は伏せたままの顔に、ばつのわるそうな苦笑いを浮かべて、無言で首を横に振った。

「だって、サカモトの女房は、あんたとのことがばれて開き直った亭主が、離婚話を持ち出してるって、電話で言ったんだよ」

「そんなのは無理よ。落度があるのは旦那さんのほうなんだから、奥さんが承知しない限り、離婚なんかできるわけないもの。ほんとに別れ話があったのかどうかも、あたしにはわからなかったの。あたしが離婚してひとりになったら、あの人の態度は変わっていったし……」

「どう変わったんだ?」

「腰が引けた感じになっていったもの。気が引けたのかも。向こうは結局、奥さんと別れなかったんだから。あたしに申し訳ないなんて言ってるうちに、少しずつ足が遠のいていったわ」

「逃げたわけか?」

「まあね。あたしがひとりになって一年ぐらいが過ぎたころに、もう終りにしたいって言い出したから、じゃあそうしましょってことで、おしまいになったの」

「なんだ、そりゃ。あんたはそれじゃ気がすまなかっただろう。一緒になりたいって言って迫らなかったのか?」

「逃げ腰の相手を追っかけたって、仕方がないわよ」

「えらくあっさりしてるねえ。それじゃああんたは梯子(はしご)はずされたようなもんじゃないか。こずるい男だな、そいつも。どういう人間だったんだ、サカモトってのは？」

米田は思わず知らずに、息巻くような物言いをしていた。

「自分で建築の設計事務所を持ってた人。あたしの高校のときの二年先輩なの。学校に行ってたころは、お互いに顔は知らなかったんだけど、東京で毎年やってる同窓会の関東支部の集まりで知りあったのよ。それでなんとなく誘われて、何回か二人で食事したりお酒飲んだりしてるうちに、あたしもふらふらっとおかしな気持ちになっていっちゃったのよ。だけど、その人と一緒になれたとしても、どっちみちあたしはすぐに後家さんになるしかなかったんだから、梯子をはずされることになるのは同じだったのよ」

「後家さんて、死んじゃったのか、相手は？」

「悪性の胃癌で、あっというまだったみたい。あたしと縁を切った四年あとだったって。それもあたしはそのつぎの年の同窓会でたまたま聞いて、はじめて知ったんだけどね」

「びっくりしただろう」

「ちょっとね。でも、ただ、そうだったんだって感じだった。終ってから時間がたってたもの」

　景子は淡々とした表情のままだった。米田はなんだか、拍子抜けしたような心持ちの中にいた。遮二無二押し切る格好になった景子との離婚の結果がこれかと思うと、滑稽な感じもしてくる。叩き出されるようにして家を出ていったあとの景子の、甲斐のなかった十二年間のことを思うと、彼はいまさらざまみろという気も起きず、気の毒な思いが先に立ってくるのだった。

「ついてなかったってわけだ」

　米田の口から、ふと浮かんできた思いがそのままこぼれ出ていた。

「誰が？」

「きまってるじゃないか、あんただよ」

「あら。お父さんだってついてなかったじゃないの。あたしが言えた義理じゃないけど」

「おれはどうってことないよ。ひとりで悠々と暮らしてきたんだから」

「相変わらずね、意地っ張りなところは」

「意地なんか張ってないぞ」

「失礼しました。でもよかった。こうしてお父さんと話ができて。なんでだか、胸のつかえがおりた気がする。じゃあ、そろそろ寝るわ、あたし」

景子は椅子から腰を上げ、窓のカーテンを閉めると、こだわるようすもなく、ベッドの片側のまん中にすべりこんだ。米田は腹をきめた。このままぐずぐずしていると、ますますベッドに入りづらくなりそうな気がしたのだ。彼は立ち上がり、ナイトテーブルのスイッチパネルのボタンを押して、部屋の明りを消した。ベッドのフットライトだけがついている。そのほの暗い明りを頼りにして、米田はカバーに包まれた薄手の羽毛布団をそっとめくり、ベッドの端ぎりぎりのところに体を横たえた。

話ができて胸のつかえがおりた気がする、と言った景子のことばが耳に残っていた。景子がどういうつもりでそう言ったのか、米田にはピンとこないところもあったのだ。けれども、いま自分は思わぬなりゆきで実に久しぶりに、景子と間近に並んで寝ているのだという米田の意識だけは、刻々と鮮明さを増してふくらんでくる。そればかりか、その意識の底には、米田自身がたじろぐほどの勢いをそなえた情欲も渦を巻きはじめている。

「そんなに端っこに寝るのはいいけど、お父さんは昔から寝相(ねぞう)のわるい人なんだから、寝返りなんか打ってベッドから落ちないように気をつけてね」

景子のけろりとした調子の声が、暗がりの中に静かにひびいた。

「うん。それもそうだな」

自分の声が喉に張りつきそうな気がしながら、米田は体の幅の半分ぐらいのつもりで、ベッドの中央に身を寄せた。すると、思った以上に近いところから、景子のひっそりとした呼吸の音が聴こえてきた。けれども米田はその距離をひろげようとは思わなかった。景子と最後にセックスをしたのは、いったいいつのことだったのか、という思いが米田の頭をかすめるのだが、見当がつくのは二十年近く前あたりだったのだろうということだけで、正確なところは思い出せない。

　とっくの昔に燃え尽きたと思っていた景子への情欲が、六十五歳になったわが身と心をさわがせていると思うと、米田は自分を笑いたくなった。彼は還暦を迎えている景子の裸の姿を頭に思い描いてみようとするのだが、浮かんでくるのはぼんやりとした記憶の中の、四十代前半あたりの彼女の裸身だけなのだった。そして米田は、六十になっている女も、気が向けば男に抱かれたいと思うものなのだろうか、と考えた。

「眠れないんでしょう、お父さん」

「寝つきがわるくなってるんだ。年のせいで」

「おまけに今夜はあたしと一緒だしね。ごめんね」

「あのさあ、どう？」

「どうって、なにが？」

「なにって、あれだよ。してみるかね」

「いいわよ。でも、本気なの？」

「本気だよ。なんだったら家に戻ってきてもいいんだぞ」

口に出してから、米田はそれが自分の素直な気持ちであることをしみじみ実感した。

「許してくれるの？　あたしのこと……」

一瞬おくれて、景子は息を詰めたような声で言った。

「おれはたしかに意地っ張りで頑固な人間かもしれないけど、執念深くはないつもりだよ」

「ありがとう、お父さん。うれしいわ」

景子が米田の肩口に頭を寄せてきた。米田は寝返りを打って景子を抱き寄せた。景子も体を向き合わせて、米田の腰に腕を回すと全身をぴたりと重ねてきた。米田の勃起しているものが、景子の太股(ふともも)に当たっている。そこに景子が手を伸ばしてきて言った。

「すごいじゃない、お父さん。頼もしいわ、こんなになって……」

「そっちのなには大丈夫なのか？」

「大丈夫だと思う。ずいぶん長いこと使ってないからドキドキするけど……。しぼんでて処女みたいに痛いかもしれないけど平気。して、お父さん」

「真利子の二度目のバージンロードみたいなもんだな。痛くないようにしてやるよ」

冗談めかしたやりとりを交わしながら、米田は景子の浴衣の襟元にさし入れた手で乳房をまさぐった。そこは思いのほかの手応えを保っていて、景子は小さく身もだえた。米田は、景子との十二年間の空白の時間が呆気なくかき消されていく思いを抱きながら、なにやら懐しい気分で彼女の乳首を唇で包んだ。

家族会議

「おれ、ちょっとさあ、話があるんだよ。ちょうどみんなが顔をそろえたいい機会だからさ……」

健一郎がどこか改まったような、しかしいくらか口ごもるようすも見せて、だしぬけなことを言った。新しい年が明けて二日目の昼である。酒井家の親子四人の家族全員が、食卓を囲んでくつろいでいる。煮込みうどんの昼食をすませたばかりで、みんなが茶を飲みはじめたところだった。

「話って、なんだ。結婚話か？」

父親の清一が、いかにも漁師らしい野太い声で、ニコニコして訊いた。母親の芳枝も姉の美由紀も、話の先を促す眼差しを健一郎に向けている。

「そういうんじゃないんだ。言いにくいことなんだよ。やっぱり止めとこうかなあ」

健一郎は食卓に眼を落とした。

「なによ。言いなさいよ。気になるじゃないの」

美由紀が眉を寄せてせっついた。

「健ちゃん、あんたまさか、サラ金で借金つくって困ってるとか、そういう話じゃなかっぺえ？」

母親が横から健一郎の顔を心配そうにのぞきこんだ。健一郎は強く首を横に振る。

「借金なんかしてないよ。そういうことじゃないんだけどさあ……」

「なら、どういうことなんだ。はっきりしろよ、はっきり。なにをそんなにぐずぐず迷ってるんだ。煮え切らない野郎だな」

「そうだよ。あんた自分から話があるって言い出したんだよ。なのにぐずぐずして、男らしくないわね」

父親と姉にたてつづけに詰め寄られて、健一郎は顔を起し、椅子の上で背筋を伸ばした。けれども、決然として見えるそのようすの割りには、口から出された声は消え入らんばかりになっている。

「わかってるよ。おれ、男らしくはなれないんだ。みんなびっくりしないでほしいんだけどさ。おれはほんとはゲイなんだよ」

一息に言った健一郎が、すぐにまた眼を伏せた。呆気にとられた顔の美由紀が、弟を見やってことばを失っている。

「ゲイってなんだ？」

父親はきょとんとして息子にたずねる。

「それ、病気かなんかの名前なのかい？」

花と野菜作りが仕事の母親も、ゲイということばを耳にしたことはなかったのだろう。

「病気なら治せるけど、同性愛じゃどうしようもないじゃない。あんた、それ、マジな話なの？」

椅子の上で半身を引いた美由紀が、おずおずとした口ぶりで念を押す。

「冗談だよって言って笑えたら、どんなにいいかって思うんだけど……」

健一郎は答えて、食卓に肘をつき、合わせた両手で鼻の頭と口を覆った。両親はまだ事態がうまく呑み込めずにいると見えて、さほどうろたえているふうではない。

「だからその、ドーセーアイってのはなんなんだ。どういうことなんだよう。都会ことばじゃなしに、学問のない田舎者のおれにもおっ母さんにもわかることばで話しろよ、二人とも」

父親の口ぶりはいらついていた。

「オカマよ、オカマ。それならわかる？　健一郎は女はだめで、男が好きなんだって。自分の弟がオカマだなんて、もう気分最低」

美由紀が吐き捨てるように言った。途端に両親が眼をむき、ポカンと口を開ける。

「この健一郎がオカマ……」

父親の声は裏返ってかすれた。

「なんでまた……。ほんとなのかい、健ちゃん？　だっておまえはちゃんとした大きな建設会社で、普通のサラリーマンやってるんだろう？」

母親がおろおろとして言う。

「お母さん、ごめん。サラリーマンはちゃんとやってるけど、おれほんとにゲイなんだ」

口元を覆っていた両手を食卓に置いて、健一郎は言った。沈黙がその場を包んできた。どこかでトンビの鳴き声が聴こえる。つけたままにしてあるテレビの、大勢の笑い声がつづいている。画面に登場している売れっ子の若い男の漫才コンビが、客を沸かせていた。父親がふらふらと立っていって、テレビを消して戻ってきた。

「おい、芳枝。酒くれ。冷やでいい。コップでくれ」

父親は椅子に腰を下ろすなりそう言って、たばこに火をつけ、勢いよく煙を吐き、横手のガラス窓の先に見える屋並みごしの海に眼を投げた。母親は放心のようすのままで台所に向かっていく。その背中に美由紀が声を投げた。

「いいの、お母さん？　お父さんはお医者さんにお酒止められてるって言ってたじゃない」

　母親は返事をしない。代わりに父親が鼻で笑って言う。

「おまえ、知らねえっぺ、美由紀。酒飲むとな、すぐに血圧が下がって具合がいいんだから。医者の薬なんかより酒のほうがよく効くんだよ。それによう、こうなったらおめえ、医者も血圧もあったもんじゃねえぞ。見ろよ。外はあんなにいい天気で、海はべた凪で、めでてえ正月で、久しぶりに娘と息子が帰ってきて顔を見たってのにこのざまだあ。息子がオカマだなんて、ふうがわるくて世間に肩身がせめえじゃねえか。どうすりゃいいんだよ。まったく涙がちょちょぎれるくれえにめでてえ正月だあ」

「ショックでお父さんヤケになってるじゃないの、健一郎。あたしも大ショックよ。お正月気分が台なしだよ、これじゃ」

　美由紀が詰る眼差しを弟に向ける。健一郎は黙ったままで深く首を折る。返すことばもないから、ただ頭を垂らして茖打たれていよう、と覚悟したようすに見える。母親がコップに注いだ酒を手にして戻ってきた。手渡しで受け取ったコップに、父親がすぐに口を持っていく。母親はまた台所に引き返して、ミカンを盛ったボウルと、ピーナッツと柿の種がたっぷり入った中鉢を運んできた。

「そんなおまえ、乾き物で酒飲めってのか、芳枝。アジのなますがあったっぺや。あれとカマボコくれ」

清一が口をとんがらせた。坐ったばかりの芳枝がまたのろのろと席を立つ。

「いいよ、お母さん。あたしが行くから」

美由紀が手ぶりで母親を制して、腰を上げる。浮かせた腰を椅子に戻した母親は、食卓に肘を立てて両手で頭を抱えこみ、大きな吐息をもらした。

「いってえぜんてえ、おめえはなに考えてんだ、健一郎。おれはエビ網漁師。おっ母さんがちっぽけな百姓。それでせっせと働いて、貧乏しながらおめえを大学まで行かせてやったのは、オカマになってもらうためなんかじゃなかったんだぞ。わかってんのけえ」

父親は椅子の横に出した右膝を手でさすりながら言う。母親が食卓に額をつけ、背中をふるわせて、声を殺して泣きはじめた。

「ほんと、みんなにすまないと思ってる。だけどおれも、なりたくてそうなったんじゃないよ。自分でもどうにもならないことなんだもん。頼むから泣かないでよ、お母さん」

健一郎が母親の肩に手をかける。

「泣きたくもなるよね、お母さん」

台所から戻ってきた美由紀が言う。胸の前にかかえた大きな古びた盆には、なますとカマボコの皿、醤油さし、二人分の小皿と取り皿と箸、チューブ入りのワサビ、四合びんの日本酒にグラス一個がのせてある。

「またコップ持ってきてどうすんだ?」

盆の上の物を食卓に並べる娘に、父親が訊く。ポンポンとした口調で娘は答える。

「飲むの、あたしも。お酒でも飲まなきゃ聞いてらんないよ、こんな話……」

「おめえ、いつから酒飲むようになったんだ？」

「大学のころから飲んでるよ」

「息子が息子なら、娘も娘だ。まったく、銭(ぜに)もねえ親が汗水垂らして娘まで大学にやったてのに、おめえはそこで酒を覚えたってわけかい。二十九にもなってんのに嫁にもいかねえで、東京で面白おかしく暮らしてんだな。おなじ東京にいるんだから、姉のおめえがちょくちょく健一郎のようすを見に行ってりゃ、こいつもオカマなんかにならずにすんでたかもしれねえんだぞ」

「あたしに八つ当たりしないでよ、お父さん。まわりの者が何をしようと、そんなの無駄なのよ。そうなる質(たち)の人はどうしたってオカマにだってフライパンにだってなっちゃうんだから。それから、いまは若い女だって普通に居酒屋とかでお酒飲んでるし、二十九どころか、三十越しても独身って女は別に珍しくなんかないんだからね。あたしだって面白おかしく暮らしてなんかいないよ。会社でいっぱいストレスためて、一所懸命働いてるんだから」

美由紀は父親に負けじとばかりにまくし立てると、コップの冷や酒をぐいと呷(あお)

った。

「質ってなんだよ、美由紀ちゃん。質って生まれつきのことだっぺや。健ちゃんがオカマになったんは、母さんがそんな質に産んだせいだってわけかい」

　食卓から頭を上げた母親が、節くれ立った手の指で涙を拭（ぬぐ）いながら娘をにらんだ。

「誰もそんなこと言ってないよ。なんでお父さんもお母さんもそうやって、あたしに当たるのよ。勘弁してよ、もう。質は質だけど、同性愛は遺伝なんかとは関係ないんだよ。ときどき神さまかなんかが配線をまちがえるか何かして、そういう変わってる人間ができちゃうのよ。だから誰のせいでもないんだよ。健一郎がそれに当たっちゃったのはショックだけどさ」

　美由紀は言って、取り皿に取ったカマボコを口にほうりこんだ。母親は手に取ったミカンの皮をむきながら、誰へともない独り言のようなつぶやきをもらす。

「なんてこったっぺねえ。それだと健ちゃんは悪いくじに当たっちまったってことか」

美由紀はそれを聞き流して、思い出したようにジャージのポケットからケータイを取り出して、メールの着信を確かめている。着信はなかったと見えて、ケータイはすぐにポケットに戻された。母親はむき終えたミカンをひろげた皮の上に置いて食卓に戻し、ぼんやりとそれを見ている。食べたかったわけではなくて、ほとんど無意識のままでミカンを手に取って皮をむいた、といったようすだった。

「それは違うぞ、芳枝……」

食卓の短い沈黙を破って、父親が口を開いた。父親はいったんことばを切って、もう何本目かになるたばこにまた火をつけてから、勢いこんだ調子で後をつづける。

「悪いくじに当たったのは、おれたち親だっぺ。考えてみろよ。一人息子の長男がオカマじゃ、美由紀が婿養子（むこようし）取んなきゃ、この家の跡取りはいねえってことになんだぞ。そうなったらおめえ、健一郎と美由紀が死んだあとは、酒井の家の墓を守ってくれる者はだあれもいねえってことになっぺや」

「そんな、お父さん、お家断絶みたいな大袈裟なこと考えなくてもいいじゃないか。おれだってお墓はちゃんと守っていくよ」

台風の目のように静かにしていた健一郎が、なだめるように父親に言う。

「そんなこたあたりめえじゃねえか。けんどおめえはオカマだっぺや。オカマに子供が作れんのかよ。おめえが死んじまったらそれっきりじゃねえか。家の墓にはおめえの爺さんやら婆さんやら、曾爺さんやら曾婆さんやら、何代もの祖先が眠ってんだからな。そりゃこの家は元々からの貧乏な半農半漁のつまらねえ家かもしんねえけどな。そいでも子孫は先祖の墓を守っていく務めがあんだぞ。人間はそうやって生きてくもんだ。だからみんな嫁取って子供を産むんじゃねえか」

父親に言いつのられて、健一郎はまた黙りこんだ。そこに美由紀が助け舟を出した。

「健一郎にいまさらそんなこと言ったってしょうがないよ、お父さん。婿養子はどうだかわからないけど、あたしもそのうちに結婚して子供産むから、お墓参りする人間はいなくなりゃしないよ」

「だけんど美由紀ちゃん、婿養子取るんじゃなかったら、おまえが産む子は外孫だよ。いつまで待っても父さんと母さんは内孫が抱けないだよ。さびしいよ。くやしいよ」

ぼやいた母親は、皮をむいたままにしてあったミカンにのそのそと手を伸ばして、ぼんやりとしたようすで食べはじめる。父親が空(から)にしたコップに酒を注ぎながら、連れ合いのことばにうなずいて言う。

「まったくだあ。さびしくてくやしくて、先祖にだって申し訳が立たねえべ。どうしたもんだっけなあ」

途方に暮れた顔で父親は酒をすすり、なますを口にはこび、椅子の上であぐらになる。右の膝はさすりつづけたままだ。

「孫、孫って、なんかあたしが責められてるみたい。あんた、なんでまた急に、しかもお正月なんかにそんなことカミングアウトする気になったのよ。内緒にしとけばすむことなのに。告白したあんたは気が晴れるのかもしれないけどさあ、知らされたほうの身にもなってみてよ。面倒な荷物を背負わされるようなものだよ」

　美由紀が弟を詰って、つかみ取ったピーナッツと柿の種を一粒ずつつまんで口にはこぶ。健一郎が大きく息を吸ってから、眼を伏せたままで重い口を開いた。

「正月気分をぶちこわしにしたのは悪いと思ってるよ。こういうときしか家族の顔がそろうことがないから、思い切って打ち明けたんだけど、おれだってそれで気が晴れたわけじゃないよ。気なんか晴れっこないんだから」

「じゃあ、なんでこうやってみんなを捲き込むわけ？　迷惑だよ。自分のことは自分でけりをつけていけばすむことじゃないのよ」

　美由紀の眼は弟に向けられていて、手はピーナッツと柿の種の中鉢に伸びていく。

「みんなを捲き込んだって言われたら、おれはなんにも言えないけど、せめて身内にだけは打ち明けておきたかったんだ。迷惑だって思われるのも、理解してもらえないだろうってこともわかってるよ。でも、おれがそうだってことを、せめて親姉弟（おやきょうだい）ぐらいにはとりあえず知っててもらいたかったんだ。まわりの人たちにゲイだってことを隠してるのは、心細くて辛（つら）いんだよね。だから、よりどころっていうか、気持ちの安まるものが欲しいし、そういうのは家族しかないって気がしたんだ。ひどい親不孝だってことはもう、痛いくらいにわかってる。そんなとんでもない奴は親姉弟の縁を切るって言われたら、それも仕方がないって覚悟しておれは話してるんだよ」

　静かな声で健一郎が言った。みんなは黙りこんだ。健一郎の言うことに気圧（けお）されたような気配が生まれている。父親はうつむいて、セーターの袖口（そでぐち）のほつれた毛糸を手でいじっていた。母親はさっきむいたミカンの皮を手に取って、こまかくちぎりはじめている。無意識にしていることなのだろう。美由紀はまたポケットからケータイを取り出して、ストラップを指先でもてあそんでいる。

「他のことならともかくさあ、そんなことで家族をよりどころにしたいっていうのはさあ、それって甘えだよ。甘え過ぎ……」

　沈黙を破って、美由紀がぼそりと言う。

「甘えってこたなかっぺや。健ちゃんは親姉弟の縁を切られても仕方がないって言ってんだもんよ」

母親が力のない声で反論した。娘は言い返さない。大きな咳(せき)ばらいをした父親が、たばこに火をつけ、酒をすすり、すぐにまたセーターの袖のほつれをいじりはじめる。それから父親はまた海の見える窓に眼を投げ、大きくため息をついてから、困り果てたといった調子で口を開く。

「切れるもんならよう、縁を切りてえとこだよ。まったくよう、六十過ぎたいまになって、こんな情けねえ親不孝にあうなんてなあ。なんでなんだよ、健一郎。いつからおめえはそんなもんになったんだよ？」

「もう、ずっと前からだよ」

「女はまるっきしだめなんかい。一回も女抱いたことはねえんかい？」

父親の口から、ずばりと切り込むようなことばがとび出した。母親と姉は、横から窺(うかが)うような視線を健一郎に向けていく。彼は首を横に振って、さらりと答える。

「ないよ、一度も」

「女を抱いてみてえって気になったこともねえんか?」

「だから、そういう気にはなれないんだ」

「いっちょまえにタマもサオも持ってるってのによう、そいでも女が欲しいって気が起きねえんかい。わかんねえなあ」

「同性愛ってそういうものなのよ、お父さん。そうじゃない人には、いくら頭で考えたって、結局わからないことなんだから」

美由紀が口をはさんだ。母親が何かを思い出したといったようすで、食卓を離れて奥の部屋に立っていく。

「頭じゃねえっぺ。体だっぺや。タマもサオもそろってて、そんで女は欲しくねえってのが、どうにもこうにもおれには納得がいかねえって言ってんだ」

父親は大きく首をかしげて言いつのる。顔をしかめた娘は、うんざりした口調でつづけた。

「だから、本人以外にはわからないものなんだってば。体の問題じゃなくて、頭っていうか、気持ちの問題なんだから。娘の前でそんな、タマとかサオとか何度も言うの、止めてよ、もう」

「おめえだって自分でいま言ったじゃねえか。娘の前だから遠慮して、タマ、サオって言ってんだ。もっと遠慮しろってんだったら他にどう言えばいいんかい」

父親に切り返されて、娘はもう知らないと言わんばかりにそっぽを向いて、酒のコップに手を伸ばす。そこに母親が戻ってきた。手に二冊の写真のアルバムを持っている。椅子に坐った母親は押し黙ったままで、食卓に置いたアルバムのページをくりはじめた。二冊とも、古くからの家族の写真を集めたアルバムだった。他の三人も釣られたように、それに眼をやる。また沈黙が生まれた。

「こうやって昔の写真見ても、健ちゃんは普通と変わったとこなんかどこにもない男の子で育ってきてんのに、なにがどうなったんかいねえ」

二冊目のアルバムに移りながら、母親が嘆くようなことばを吐いた。

「アホくせえ。見た眼でわかってりゃ、いまごろこんな思いなんかしてねえっぺや」

箸から取り落としたカマボコを、手づかみにして押し込んだばかりの口で父親が言う。

「いまごろって……。早くにわかってたらどうにかなってたんかい?」

母親がムッとした顔を連れ合いに向ける。

「そらおめえ、どうにもならねえもんだっていうんだもん、どうにもなっちゃいねえっぺよ。だけんども、早うにわかってたら、いまごろはおれらも諦めがついてたっぺよ」

「諦めるしかないんかねえ」

アルバムをくりつづけながら、母親がため息まじりのことばを吐いた。

「他にはどうしようもあんめえよ。中学に入ったときに自分から空手を習うって言い出して、一所懸命稽古して、高校と大学じゃボクシングやって、全国大会に出るくらいの選手になって、普通の男の子よりも男らしくしてた健一郎が、なんとオカマになっちまったんだもんよう。気色のわるい話だけんども、二十五になっても女を抱いてみてえって気になったことが一回もねえってんだもん。どうにもならねえっぺ。こうだって言われて、ああそうかい、わかったよですむ話じゃとてもねえけんどよ」

父親があいかわらずセーターの袖口のほつれた毛糸をひっぱりながら、力の抜けた声を出した。袖口のほつれはひろがって、ほどけた毛糸が父親の片膝の上で小さなとぐろを巻いている。誰もそれに気づいていない。父親のことばを小さく何度もうなずきながら聞いていた健一郎が、母親が小さくちぎって散らかしたままになっているミカンの皮をひとつずつつまんで自分の前に集めはじめる。そしてしばらくしてから口を開く。

「そりゃあ、みんなにしてみたら気色わるい話だよね。おれだって最初のころは自分のことが気色わるい気がしてたんだもん。小学校の五、六年生のころから、まわりの友だちがみんな、あの子がこの子がって言って、かわいい女の子の話をするようになったんだよ。だけどおれは女の子のことは、誰もかわいいともなんとも思わなかったんだ。そのころから、そんなにはっきりとじゃなかったけど、自分が女の子よりも男の友だちのほうに気を引かれることに気づいて、これはちょっと変なのかもって思ってたんだ。それが気色がわるかったんだよね。そのうちにオカマってことばも友だちから聞いて、それが女より男のことが好きな男のことだってこともわかったら、急に自分もそうなんじゃないかって気がしてきたんだ。だからとにかく男らしくならなきゃだめだと思って、それで空手を習いはじめて、そのあとはボクシングにも熱中したんだよ。おれだって自分がいやで、それを変えようとして努力はしたんだよ。だけど、高校生になっても、大学に行っても、女の人を好きになるってのがどういう気持ちなのかわからなくて、好きだ、好きでたまらないって思う相手は男だけだったんだ。そうなったら自分を変えることはもう諦めて、おれはゲイなんだってことを自分が受け入れるしかないじゃないか。ほんと、これってどうしようもないことなんだ。お父さんもお母さんも、諦めるしかないのかって言ったけど、諦めてもらうだけでもおれは救われる気がするんだ。理解してくれとか、応援してくれとか言ったって無理なんだから」

「ばかやろう。誰がそんなもん応援なんかするかよ。おめえは変態だっぺや」

父親が唾でも吐きかけそうな勢いで言う。セーターの袖口のほつれがさらにひろがる。語気に合わせるように、父親がほどけた毛糸を思い切り引っぱったのだ。変態呼ばわりをされた息子は、うつむいて固く口を引き結んでいる。間をおいて、娘が父親をたしなめた。

「お父さん。同性愛はもう変態とか言わないんだよ。普通の人にくらべて数が少ないから、いまは性的少数派って呼ぶのが常識になってるのよ」

「常識？　誰が決めたんだよ、そんなこと」

「誰がってわけじゃなくて、世の中の流れでそうなったの」

「とんでもねえ世の中になっちまったもんだ。そんなふうだから健一郎みてえのができちまうんだっぺよ。そいで美由紀は平気なんかい」

「平気なわけないじゃない。あたしだってなんか気色わるいよ。自分の弟がゲイだなんて、考えたくもない。知らないままでいたかったよ、ほんとに」

姉は柿の種を口に投げ込み、酒のコップに手を伸ばす。母親が閉じて重ねたアルバムの表紙を両手でさすりながら、沈みきった声を出す。

「健ちゃんは諦めてくれるだけでいいんだなんて言うけんど、そりゃなかなかできるこっちゃないよ。親がわが子のことを諦めるぐらい辛くて悲しいことはないだけえね」

こくんとうなずいた健一郎が、両手で顔をこすりはじめる。その手が顔を覆ったままで止まる。のんびりとしたトンビの鳴き声が、また遠くから聴こえてきた。四合びんの酒は、残りが四分の一くらいになっている。

「そのまんまじゃ健ちゃん、さびしい一生になっちまうべや。結婚もできないで、ずっとひとりで暮らしていくしかねえんだっぺ。それでもいいんかい」

新しくいれた茶を健一郎の湯呑みに注いでやった母親が、心細そうに言う。

「おれはいいんだ。仕方がないことだから。気の合う人がいるから、そのうちにその人と一緒に暮らすことになるかもしれないし」

注がれた茶をひと口すすって、健一郎が答えた。母親も湯呑みに口をつけてから、またミカンを手に取る。食べるつもりはないらしい。手の中で揉むような仕種を見せている。

「オカマ同士で暮らすってんかい？」

酒のコップを手にした父親が、上目遣いに息子を見る。

「うん。富永卓也って名前の服飾デザイナーでね。お姉ちゃんは名前を知ってると思うけど、有名なファッションデザイナーの丸岡洋子って人のところで仕事してる、ちゃんとした人だよ。年は向こうが四つ上だけど、話が合うんだ。知り合って一年になるんだよ」

「丸岡洋子は有名だけど、建設会社の社員のあんたが、どこでそんなファッション業界の人と知りあったわけ？」

「いろんな性的なマイノリティーの集まりがあるんだよ。そこで初めて会ったんだ」

「なんだ、そのマイなんとかってえのは？」

「お姉ちゃんがさっき言った、普通とはちがういろんな性的な少数派のことだよ」

「ふうん。そんなのがあんのけえ。集まってなにすんだ？」

「いろんなことを話し合うんだよ。みんな人には言えない悩みを抱えてる人たちだから」

「哀(あわ)れな連中ばかりが集まって、慰め合ったり、相手見っけたりするってわけかい」

父親はさげすみをあらわにする。息子は顔をゆがめて何か言いかけるようすを見せた。しかしことばは呑み込まれた。

手の中でミカンをころがしている母親が、心配そうに訊く。

「健ちゃんはその富永って人と一緒に暮らすつもりなんかい？」

「そうしようかって、二人で話してるところなんだ。そうやって同性同士で仲よく暮らしてる人たちは、いくらでもいるんだよ」

「男と男が乳くりあって仲よく暮らすんけ。ああもう、余計に気色わるくなってきた」

父親が大袈裟な身ぶるいを見せる。母親はうなだれた首を力なく横に振っている。姉は食卓に頬杖（ほおづえ）をついて眼を閉じる。

「わかるよ。お父さんがそう思うのは。だけど同性愛の人間は世界中にいっぱいいるんだよ。たとえばアメリカとかは州によっては、同性同士の結婚だって法的に認められてるところもあるくらいなんだから。たしかに普通とは違ってるけど、そんなにものすごく特別なことみたいに思わないでほしいんだよね」

健一郎の静かな声は変わらない。

「男同士、女同士で夫婦になってる人たちがいんのけ、アメリカには？」

母親が眼を丸くして言う。

「そうみたいなのよ、お母さん。それはそうなんだけどさあ……」

美由紀が言って、頬杖のままで片手をピーナッツと柿の種の鉢に伸ばすと、人さし指でその中身をわけもなくかきまわしはじめた。

「世界がどうだ、アメリカがこうだって話じゃなかっぺ。世界もアメリカもどうだってかまわねえ。おれの知ったことかい。けんど、ひとり息子がオカマだってのは、親にしてみりゃ天地がひっくり返ったようなえれえことなんだぞ、健一郎。それをおめえはものすごく特別なこっちゃねえって言うんかい。これがものすごく特別じゃねえなら、他のなにがものすごく特別だっていうんだよ」

父親は自分の吐いたたばこの煙を手で払いのけながら、どこか放心したような面持ち(おもも)ちで息子に眼をやる。息子はうつむいているから、親子の視線は合わない。父親の視線は宙を泳ぐ。息子がことばで応じる。

「お父さんがそう言うのは当たり前だと思うよ。でも、おれもそうなりたくて同性愛の人間になったわけじゃなくて、たまたまそんなふうに生まれついちゃったんだからどうにもならないんだ。おれは女の人を好きになったことがないからわからないんだけど、おれが富永って人のことを好きだって思う気持ちは、普通の男が女の人を好きになるのと同じなんだよ。きっと同じなんだろうと思うんだ。違いはたまたま、好きな相手が同性だっていうところだけなわけでね。こんなこと言ってもわかってもらえないと思うけどさ」

「それはわかるよ。ていうか、わかるような気はするよ。だけど、あんたはそれですむんだろうけど、あたしたちにはたまたまそうなんだからじゃすまないものがあるのよ」

美由紀が言うと、父親がびっくりした顔を娘のほうに突き出した。

「え？　おめえ、わかんのけ。男が男を好きになる気持ちが……」

「どうわかるの？」

母親も意外だといったようすで娘に訊く。

「どうわかるってわけじゃなくて、なんとなく想像はつく気がするだけよ。同性愛でもそうじゃなくても、相手のことを好きだって思う気持ちには変わりがないのかもよ。なんとなくそんな気がするだけで、それ以上のことはわかりっこないよ」

最後は放り出すような口ぶりになって、美由紀は椅子の背もたれに体をあずけ、頭のうしろで両手を組む。

「同じなんかね、どっちも……」

納得がいったのかどうか、心許(こころもと)ない表情で母親も宙に眼を泳がせている。

「同じってこたあなかっぺや。男と男だもんよ」

とても同意しかねるといわんばかりに、父親は強く首を横に振る。

「あたしに訊かないでよ。あたしだってわからないって言ってるじゃないの」

美由紀は天井に眼を投げる。父親は残りの酒を自分のコップに注ぎ、ひと口飲んでからまたセーターの袖口のほつれた毛糸を指先に巻きつけて、手遊びをつづける。

「わからないのも無理ないよ。おれでさえ、自分がどうしてそうなのかわからないもん」

健一郎が両手の指で食卓の縁をなぞりながら、疲れたような声で言った。

「けんど、わかるもんならちっとでもわかりてえよ、健ちゃん。だっけんで父さんも母さんもこうやって訊いてんだよ」

手にしていたミカンを食卓にトンと置いて、母親が諭(さと)すような口ぶりで言った。

母親に向けられた健一郎の眼が、じわりとうるむ。

「うん。ありがとう。だけど、どう説明したらわかってもらえるのか、話のしようがないことなんだよね。理屈でどうこう説明できることじゃないんだから」

健一郎は吐息をもらした。また食卓は重たい沈黙に包まれていった。それを破ったのは、コップの横に置いたままになっていた美由紀のケータイの着信音だった。


美由紀がケータイに出た。早口でまくしたてたてくるような女の声が、受話口からもれ出てきて食卓の上にまでひろがった。

〈酒井美由紀さんですよね。あたしはヤマウチマサヒロの妻です。彼が裏切りをみんな白状したんです。酒井さんとの関係はもう終りにするって、彼はあたしに約束しました。酒井さんもきっぱり諦めてください〉

突然に表情をこわばらせた美由紀が、あわてたようすで食卓を離れようとした。そのときに相手が一方的に電話を切ったようだった。美由紀は一言も返さないいままで椅子に腰を戻して、ばつのわるそうな顔でケータイをジャージのポケットに入れた。

「誰？　ヤマウチって……」

母親が眉を寄せて娘に訊く。

「電話、聴こえてたの？」

娘が困った顔で訊き返す。

「あんなわめきちらすような大声だもんよう。全部聴こえたよ。あんた、そのヤマウチって人とどうかなってたんかい？」

「なんでもないよ。大丈夫」

「なんでもねえこたねえべや。えれえ剣幕だったぞ。なんがあっただよ？」

父親が光った眼で娘に迫る。健一郎は口をつぐんで、気遣わしげに姉を見ている。

「だから、なんでもないんだってば」

美由紀はぎごちない笑顔で言って、コップの底の酒を飲み干す。母親が追討ちをかける。

「美由紀ちゃん。あんた、奥さんのいる人とおかしな仲になってたんだっぺ。そんげに聴こえたよ、いまの電話は。なんでまたそんげな所帯持ちなんかとややこしいことしたんだよ、ほんとに……」

「もういいじゃない。すんだことなんだから。不倫なんて世の中にいくらでもある話だよ。心配しないで、大丈夫だから」

美由紀は虚勢と見える作り笑いの顔で、酒のびんに手を伸ばした。びんにはもう酒は残っていない。宙で迷った美由紀の手がミカンを取る。

「おう、心配なんかしねえ。芳枝、もうほっとけ。まったくよう、なんて正月なんだっぺかなあ。息子がオカマで、娘は女房持ちの男に捨てられたときたもんだ。心配なんぞしきれたもんじゃねえっぺや」

「そっでもお父さん。心配なものは心配だもんよ」

「いいから酒くれ。酔った気がしねえや」

「そんくれえにしときな。ほんとは飲んじゃいけないんだから」

「いいから酒持ってこいって。正月ぐれえ好きに飲ませろ」

芳枝にたしなめられても清一は引きさがらない。芳枝は渋々と腰を上げる。

「しょうがないよね……」

ミカンを食べている美由紀が、独り言のようなことばを吐いた。

「なんがしょうがねえんだよ、美由紀？」

父親の声にも疲れがにじんでいる。

「健ちゃんのことも、あたしのことが向こうの奥さんにばれちゃったことも、お父さんが医者に止められてるお酒を飲みたがるのも、人間のすることってみんなしょうがないなってこと……」

「そっだ。みんなろくなもんじゃねえ」

父親が吐き捨てるように言った。

「美由紀ちゃん。あんた、しょうがないって、相手の奥さんに知られるようなこと、なんかしたんかい？」

台所から戻ってきた母親が、手にしていた新しい酒の一升びんと二つのコップを食卓に置きながら訊いた。

「そうじゃないけど、彼が怪しまれてたんだと思う」

「どっちにしたって、女房持ちの男の相手したおめえがばかだ」

「しょうがないじゃない。好きになっちゃったんだから」

娘は父親にとんがった眼を向ける。父親はコップを芳枝のほうにさし出している。芳枝が立ったままで一升びんを傾け、そのコップに酒を注いでやる。

「お母さんも飲む。頭がワンワンしてきたもん。美由紀ちゃんは？」

母親に訊かれて、娘は黙って自分のコップを突き出す。それに酒を注ぎながら、母親が息子に言う。

「健ちゃんも飲みな。飲んだら気分もちっとはすっとすっぺや」

「うん。じゃあ一杯だけ。酒飲む気分じゃないけど……」

「おうおう。みんなでやけくその酒盛りけえ」

父親が泣き笑いのような顔で、はやしたてる調子の声をあげた。

「ほんとにお姉ちゃんの言うとおりだ。しょうがないね。おれもこんな厄介な話持ち出さなきゃよかったな。悪かったよ」

健一がコップの酒を一気に半分ほど飲んで、太い声を吐いてから言った。

「ほんとだよ、健ちゃん。藪(やぶ)から棒の話だっけんね。聞いたほうは肝がつぶれたよう」

母親は父親が使っている箸と取り皿を使って、アジのなますを取りながら言う。

「カキの木だと思って植えて、実のなるの楽しみにしてたら、なんとなんとその木にリンゴがなったみてえな話だっぺや。なあ、芳枝。肝もつぶれるよう」

父親は酒で濡れた唇を舐めながら、またセーターの袖口のほつれた毛糸を引っぱっている。ほつれが大きくなっていることに気づいているようすはない。他の三人もそれに眼を止めていないと見えて、注意のことばをかける者はいない。

「そんならお父さん、その木はほんとはリンゴの木だったんを、カキの木と思いこんでたって話にするしかなかっぺな」

母親がなますを食べている口で言う。

「そうなんだよ、お母さん。そう思ってもらえばいいんだよ。わかってくれたんだね」

健一郎が眉を上げる。

「わかったわけじゃねえけんどね。わかっただかわからねえんだか、そこがわからねえけに考えがあっちゃこっちゃするだよ」

母親は膝に置いた右手の甲を左手でさすりはじめた。

「話の上だけならおめえ、木はカキにでもリンゴにでも都合のいいもんにできるけんどよ。わからねえもんはどうやったってわかりゃしねえし、わかったところでどうにかなるってわけでもねえっぺ。そっだけえおれもおっ母さんも頭がワンワンするだよ」

父親はまたたばこに火をつけた。部屋に煙がうっすらとこもっている。

「おれもさあ、どうやっても女の人を好きになれない自分が、ほんとは悲しいんだよ」

「あんたが悲しんでどうするのよ、健ちゃん。みんなそれぞれに自分はそのままの自分でいるしかないんだから。元々これって、本人以外の人がわかるとかわからないとかって問題じゃないと思うんだよね。そうじゃなくても、人のことって意外と、わかってるつもりでもわかってないってことが結構あるんだから」

美由紀は注がれたままでまだ口をつけていないコップの縁を指でなぞりながら言う。

「そっだなあ。おめえも好いとった男に裏切られて捨てられたばっかりだっけなあ」

「あたしのことはほっといてよ。いまは健ちゃんの話してるとこなんだから」

「そっだ。おめえのことも健一郎のことも、ほっとくしかねえっぺ。二人とももういっちょまえの大人だ。心配したって仕方がねえ。なんとかうまくやっていけ。もう孫も諦めた。それしかねえっぺや。なあ、芳枝」

父親は言って、五分刈りの白毛頭を両手の指で揉むようにして掻きはじめた。ほつれた毛糸がセーターの袖口から垂れ下がった。

「あれまあ、お父さん。セーターの袖そんげにほつれて。どうしたんかい？」

母親がおどろいて声を上げた。

「いやあ、どうしたんかねえ」

父親は頭に上げていた腕を下ろして、ほどけた毛糸をたぐりながら、袖のほつれをぼんやりと眺めている。

「かがってあげるからちょっと脱いで。編み棒あったよね、お母さん」

美由紀に訊かれて母親が席を立っていく。父親が脱いだセーターを娘に渡す。

健一郎はコップの酒を空にして、窓に眼をやる。日が傾いたせいで、窓から見える海は沖のほうだけが赤味をおびた光で染まっている。

毒

日曜日の午後だった。

アパートの窓の外には、みずみずしい春の日差しが穏やかに満ちているというのに、西岡清美は気分がくさくさしていた。朝起きたときからそうだった。

これという理由があるわけではない。いつもそうなのだ。小学校五年生の息子一人をかかえて生活に追われているシングルマザーの日々に、心の安息が生まれるときはない。不自由しないですむのはストレスの種だけだ。

チャーハンの昼食をかきこんだ昇はスプーンを置くなり、臆病な犬のような眼で母親の顔色をうかがってそそくさと食卓を離れ、壁際の学習机でマンガを読みはじめている。ろくに口をきこうともしない。そんな昇の、いじけてるとも反抗的とも取れるようすを眼にすると、清美は無性に気持ちがむかつく。衝動的に、空のチャーハンの皿を昇の背中に投げつけたくなる。

いらつきにまかせて、わけもなく昇に物をぶつけたり殴ったりということを、これまでもかぞえきれないほどくり返している。八つ当たりとわかっていても、この子があたしを不運にしている厄病神だと思えてくると、つい手が出てしまうのだ。いま自分がどんな顔になっているか、清美には鏡を見なくてもわかる。赤信号だと思う。

すっかり冷めてしまっている湯呑みの茶を飲み干して、清美は重い吐息をもらしてから腰を上げた。奥田の爺さんの毒気に当たって、気分を変えてこようと思ったのだ。

隣の町のはずれに、世の中から忘れさられたような古ぼけた団地がある。奥田勇夫はそこで独居生活を送っている。外が明るい時間に清美がその団地に足を運ぶことは、滅多にない。それがふとそんな気になったのも、日曜日だったからだけではなくて、虫の知らせというものだったのかもしれない。

ドアチャイムに奥田の返事はなかった。部屋の鍵は閉まっていた。無駄足だったかと思って階段をおりた清美は、なんのつもりもなく横の壁の郵便箱の列に眼をやった。二〇二号室の郵便箱の名札がなくなっていた。それに気づいて、清美はふと胸さわぎを感じた。それでそのまま帰る気になれずに、団地の管理事務所に寄ってみたのだった。

そこは、住民たちの談話室も兼ねている場所とみえて、中に七、八人の老年の男女がたむろしていた。

「すみません。B棟の二〇二号室の奥田さんは、どこかに引越されたんですか?」

清美は細く開けたドアの間に顔をのぞかせて、その場の誰にともなく声をかけてみた。老人たちの眼が一斉に清美に集まった。

「ああ、奥田さんか。あの人は引越した。えらく遠いところにな」

将棋をさしていた男が、すぐにしわがれ声を返してきて、ニタッと笑った。その声が終わるか終わらないかのうちに、テーブルを囲んで談笑していた老女たちの中の一人が立ってきて、応対をしてくれた。

「奥田さんの身内の方なの？」

「いえ、そうじゃないんですけど……」

「奥田さんは急に亡くなったのよ。十日ばかり前に……」

清美は思わず眼を丸くした。いやだ、ということばが咄嗟に喉元まで出かかった。どういうつもりの『いやだ』だったのか、清美にもよくはわからなかったのだが、それが心に生まれてきた最初の反応だった。

もちろん、ひどくおどろきはした。しかし、やっぱりそうなったかという思いも頭をよぎった。年寄りなのに健康のことなんてと鼻で笑いとばして、酒もたばこも好き放題に飲んで、いつ会っても病人みたいにくすんだ顔色を見せていた奥田だったから、この爺さんは長生きしようなんて気なんかないんだろう、と清美は思っていたのだった。

ことばを失っている清美に、応対の老女はドアの前に立ったままで、勢いこんだように話をつづけた。

「奥田さんは独り暮らしだったんで、亡くなってるのがわかったのは午後だったけど、息を引き取ったのがその日の朝だったのか、前の日のことだったのかはわからないのよ。わたしが見つけたときは、体はもうすっかり冷たくなってたんだもの。この団地に住んでるのは年寄りばかりで、独り暮らしの人も多いの。だから孤独死が出ないようにということで、自治会の世話人が毎日昼間に、受持ちの棟の独り暮らしの人に声をかけてまわることにしてるの。わたしはB棟の世話役をやってるから、それで奥田さんのこともわたしが最初に見つけることになっちゃってねえ。返事がないからドア開けて中に入ってみたら、奥田さんは口のまわりもパジャマの胸も血だらけで、ベッドからころげ落ちたような格好で倒れてたのよ。なんでも肝硬変のせいでできた静脈瘤(じょうみゃくりゅう)が破裂して、その出血で窒息したんだって話なの。お骨は市役所が手をまわしてすぐに連絡がついて、弟さんという人が引き取っていったのよ。弟さんの話だと奥田さんは刑務官ていうそうなんだけど、刑務所の看守を定年までつづけてた人だったそうよ。六十四だったたっていうんだから、いまどきじゃ早死によねえ。お気の毒に。おたくさんは奥田さんとお知り合いだったの？」

Ｂ棟の世話役は、また清美に素性をたずねて、探りを入れるような眼差しを向けてきた。世話役の老女だけではなくて、その場の全員が好奇心をむきだしにした眼でこっちを見ているように思えて、清美はなんとなく気が引けた。この人たちの中には、奥田の部屋に出入りする自分の姿を眼に止めていた人もいないとは限らない、と思ったのだ。

「はい。ちょっとしたお知り合いだったんです。奥田さんがそんなことになってるなんて思いもしなかったんで、びっくりしました。ありがとうございました。失礼します」

清美は世話役にお辞儀をして、足早に管理事務所を後にした。この団地にくることはもうないのだから、あの場に居合わせた年寄りたちに何をどう詮索されても、気にすることはないと思った。

団地の敷地の出入口に並んでいる何本かの大きな桜が、満開を迎えてそよ風に花びらを散らしていた。私鉄の電車の駅に向かう路線バスの停留所は、団地を出たところにある。バスを待つつもりでそこに立った清美は、枝から離れて風に漂う桜の花びらを眼で追った。空は水色に光っていた。頭の中には奥田のことがあれこれと、とりとめもなく浮かんでくる。そのうちに清美はバスを待つ気が失せて、ぶらぶらと歩きはじめた。電車の駅まで歩いて行こうと思った。どれくらいの距離になるのかわからなかったが、なんだか歩きたくなったのだ。

血を吐いた上に、その血で窒息したなんて、奥田の爺さんもさぞ苦しかっただろうな、と清美は思った。けれども、奥田が死んだという実感は薄い。何か遠い出来事のように思えてならない。

六十四歳だったという奥田の年齢は、清美には意外だった。七十半ばぐらいだろう、と清美は見ていたのだ。外見からはそう見えた。そのせいで、年のわりにはベッドでは元気なものだ、と清美はいつもおどろいていたものだった。だが、実際の年齢がわかってみれば、あれくらいは普通なのだろうな、とうなずける気もする。

刑務官だったという奥田の経歴も、清美ははじめて知ったことだった。奥田には自分の個人的なことを話したがらないところがあったし、どこかしら暗い翳（かげ）やくずれたような印象を漂わせていたので、清美はこれも当て推量で、この爺さんは世間の裏街道のようなところで生きてきた人なのかもしれない、と思っていたのだ。

奥田勇夫について清美が知っていたことといえば、年金で独り暮らしを送っているアル中のような爺さんということと、家族はいたが、奥さんがこれ以上は偏屈者とは暮らせないと言い出して定年離婚になって、子供たちとの行き来も絶えているということぐらいだった。それも清美が自分の離婚のいきさつを語ったときに、思わずといった感じでぽろりと奥田の口からこぼれ出てきて、はじめてわかったことだった。

刑務所の看守だったと聞いたいまは、奥田の眼つきが鋭かったことも、ぶっきらぼうな口のきき方や態度も、気にかけてくれていた昇との接し方も、清美にはなるほどと思えてくる。あの暗い翳も、どこかくずれたような印象も、刑務官という職業の中で身にしみついてしまったものかもしれない。大勢の服役者を相手にしながら、奥田はその姿に人間のどうしようもない愚かさや弱さや救い難さなどを見て、世の中がいやになったり、人嫌いになったりしたのではないか。それで奥さんにも偏屈者のレッテルをはられることになったんだろう、と清美は思う。

奥田を偏屈者と呼ぶことには、清美も別に異論はない。けれどもそれより、いっぷう変わった不思議な爺さんだった、という思いのほうが強く残っている。

清美と奥田は、前の年の春先に昇がやらかした、ままごとのような家出がきっかけになって知り合った。その後に奥田は、学校でいじめにあっていた昇に反撃のやり方を仕込む一方で、清美の体を求めはじめた。それも、遠まわしに言い寄るような手間は省いて、単刀直入に『やらせろ』とだしぬけに言うのだった。しかも、本気でそんなことを望んでいるのか、中年の独身女をからかって反応を愉しもうとしているだけなのかわからないようなげやりな口ぶりで、しつこいわけでもないし、体をさわろうとする素振りを見せるわけでもないのだった。

自分が気まぐれを起こさずにいたら、奥田に抱かれることはないままで終わっていたかもしれない、と清美は思う。あるときふと、まあいいかという気になったのだ。なげやりなのはお互いさまだったというしかない。取り立てて好きだとも嫌いだとも思っていない奥田に、おかしな敬老心で施しをさずけるような気分だったし、七十過ぎた爺さんとのセックスはどんなものなのだろう、といった淫らな好奇心もはたらいたのだ。

その日も昇は学校でいじめられた。授業が終わって帰ろうとしていたときだった。教室を出ようとしたところに、後ろから跳び蹴りがとんできたのだ。突きとばされた昇は、教室の壁に額をぶつけてしまった。昇はすぐに教室をとび出して逃げた。いじめっ子たちの笑い声が聴こえた。追いかけてはこなかった。
おでこがヒリヒリしていた。手を当ててみると、指に少し血がついた。四人のいじめっ子たちに、理由もなくこづかれたり突きとばされたりすることはよくあった。けれども血が出るほどの怪我をしたのは初めてだった。母さんが仕事から帰ってくるまでに、血は止まるだろうか、と昇は思った。止まらなかったら母さんは、どうして怪我をしたのかと訊(き)いてガミガミとどなるだろう。学校でいじめられてることは、母さんには言いたくない。言えば弱虫とか意気地なしとか言って、もっとうるさくどなるにきまってる。

昇はアパートに帰りたくないと思った。どこかに行ってしまいたいと思って、電車の駅まで歩いた。ポケットに入っているコインをかぞえて、料金表を見た。持っているお金で買えるのは、一駅分の切符だけだった。昇は切符を買って電車に乗った。なんでもいいから、いじめっ子と母さんのいる町から少しでも離れたところに行きたかった。おでこの傷を人に見られたくなかったので、電車の中ではずっと下を向いていた。

つぎの駅で電車をおりて、見知らぬ町をあてずっぽうに歩いていった。自分は家出をしてるんだ、と歩きながら思った。途中で小雨が降りはじめた。遠くの先に団地らしい灰色の建物が並んでいた。そこまで行けば雨やどりができる場所がありそうな気がした。たどりついた団地の、階段の昇り口の横の壁にもたれて坐りこんだときは、服にしみこんだ雨の冷たさが体にまで伝わってきていた。外には日暮れが迫っていた。

そこに坐りこんでから、どのくらいの時間が過ぎたのか、昇にはわからなかった。傘をさして自転車に乗ったお爺さんがやってきた。白毛まじりの坊主頭の、おっかなそうな顔をしたお爺さんだった。そこに尻をすえて坐りこんでいる昇を見ても、お爺さんはすぐには何も言わなかった。乗ってきた自転車を階段の裏に停めて、ハンドルにぶらさげていたコンビニのレジ袋とたたんだ傘を手に持って戻ってきてから、おじいさんが口を開いた。

『おまえ、どこの子だ。こんなところで何やってんだ?』

叱りつけるような言い方だった。昇は恐くて何も言えなくて、半べそをかいた。

『迷い子になったのか?』

昇は首を横に振った。

『どこの生徒だ?』

『新町小学校……』

やっと小さな声が出た。

『新町小学校なら隣の町だろう。なんでこんなところにいるんだ？』

家出をしたと言いたかったが、怒られそうで言えなかった。

『服、濡れてるんだろう。とにかくこい』

かがみこんだお爺さんが、レジ袋を持ったままの手で昇の腕をつかんで立ちあがらせた。お爺さんの息はものすごく酒くさかった。昇は腕をひっぱりあげられて、階段をあがった。ますます恐くなった。

二階の部屋に入ると、お爺さんは玄関をあがってすぐのところの、浴室の脱衣場に昇を待たせておいて、すぐに大人用のTシャツとカーディガンを持って戻ってきた。そして、濡れたものが乾くまでそのTシャツとカーディガンを着ていろと言って、そこに洗濯機と並べて置いてある乾燥機の使い方を教えて、脱衣場から出ていった。

昇は脱いだものをつぎつぎに乾燥機に投げこんで、パンツ一枚の裸になった。パンツも湿っていたのだけれども、着てれば乾くと思った。乾燥機が音を立てて回りはじめると、お爺さんの『坊主、こっちにこい』と呼ぶ声がとんできた。昇は借りたTシャツとカーディガンを着て、声のしたほうに行った。Tシャツとカーディガンの裾は、昇の膝小僧まで届いていた。

お爺さんはダイニングキッチンの小さな食卓で、椅子にあぐらをかいてコップで日本酒を飲んでいた。食卓の上には酒の一升びんと、吸殻がたまっている大きな灰皿と、コンビニのおにぎり二個と、発泡スチロールの容器に入ったままのおでんが置いてあった。坐れと言われて、昇はお爺さんと向かい合わせになっている椅子に腰をおろした。他には椅子がなかったのだ。

『飯どきだ。そのにぎり飯とおでんを食え。飲み物はペットボトルの茶しかない。飲みたきゃ冷蔵庫に入ってる。自分で出せ』

爺さんはコップの酒をゴクリと飲んで、たばこに火をつけてからそう言った。昇はたしかにお腹が空いていた。でも、おにぎりとおでんは、お爺さんが自分が食べるつもりで買ってきたはずだった。

『ぼく、いいです』

『だまって食え。子供のくせに一丁前に遠慮なんかするもんじゃない。にぎり飯もおでんもみんな残さずに食え』

昇は怒られた気がして、またべそをかきそうになった。仕方なしにおにぎりにかじりついた。おでんもみんな食べた。お茶は我慢した。そして、ごちそうさまでしたと言った。すると学年と名前を訊かれた。昇は答えた。

『でこちんのすり傷はどうしたんだ?』

『道でころんじゃって……』

『新町の小学生が、なんでこんなところをうろついてたんだ?』

今度は昇は嘘を思いつけなくて、答えられなかった。涙が出てきて息がしゃくれた。

『泣き虫なんだな。そんなんじゃ学校でもいじめられてるんだろう。でこちんもいじめっ子にやられたんじゃないのか?』

図星をさされて、お爺さんのことが恐くもあって、昇は思わずこくんとうなずいた。

『家にはだれがいるんだ?』

『母さんだけ』

『母さんはやさしくないか?』

昇は答えずにしゃくりあげつづけた。

『学校でいじめられて、母さんはやさしくないから、家に帰りたくなかったのか?』

昇はちょっとだけうなずいた。

『そんなときはいつも、野良犬みたいにあっちこっちうろついてんだろう』

昇は首を横に振った。

『やめとけ。家出もやれないくせに。母さんに電話して迎えにきてもらえ。今度からいじめられたら、負けてもいいから何度でも向かっていけ。いやならいつまでもいじめられてろ』

清美が昇から聞き出した家出の顛末は、あらましそういうものだった。迎えにきてくれというおずおずとした声の昇の電話には、奥田も出てきて団地の場所を説明した。その口ぶりも面倒くさげだったが、昇を引き取りに行ったときも、奥田は怒っているのかと思うくらいに不愛想で一言も口をきかず、清美が迷惑をかけた詫びと礼を述べても、会釈ひとつ返すこともしなかった。団地を出ながら話を聞いた清美は、呆れたのと腹立ちとで、昇の頭を二つ三つ手でひっぱたいた。

そういうことがあった一カ月ばかり後に、昇が学校の教室でいじめっ子の耳にかみついて、鼻血まで出るような怪我をさせる、という騒ぎが起きた。それで相手の親が学校にねじこんできて、清美も呼び出された。清美は相手の親と教師にひたすら謝ってアパートに帰り、昇に喧嘩のわけを問い質した。昇がそんな乱暴なことをしでかしたのが、清美には信じられなかった。

『あいつが悪いんだよ。ぼくのことをいつもいじめてたんだから』

『どうして昇がいじめられるのよ』

『知らないよ、そんなこと。ぼくが弱虫で、いじめても怒らないからだと思うよ』

『今度はどうして怒ったのよ？』

『やられたらやり返さなきゃ、いつまででもいじめられるって、奥田さんのお爺さんがいつも言ってるからさ』

『いつもって、どういうことよ。おまえはいまもあの爺さんのところに行ってるの？』

『ぼくは行かないけど、奥田のお爺さんが毎週一回は学校にきてくれるんだよ。授業が終わって校門を出ると、道で待ってるんだ』

清美はおどろいた。記憶の中の奥田の取りつく島もないといった印象と、昇の口から出てきたことがひどくそぐわない気がして、面食らいもした。

『どうして奥田さんがそんなことするのよ。学校の前で会って何をするのよ？』

『マックでハンバーガー食べさせてくれて、いじめっ子をやっつけるやり方を教えてくれるんだ。そいつの眼をにらみつけて、やられたらすぐに足の甲を力まかせに踏んづけたり、臑を蹴りつけたり、顔に頭突きをくらわせたり、取っ組み合いになったら耳にかみついたりすればいいって。お爺さんはきっと、ぼくのことを心配してくれてるんだよ』

昇は珍しいことに、母親の眼をまっすぐに見てそう言った。いつもの昇らしくない、と清美は思った。昇ににらみつけられているような気もした。子供に喧嘩の仕方を教える奥田はどうかしてる、と清美は思った。昇はその教えに従って、いじめっ子に鼻血を出させて耳にもかみついて問題を起した。それも奥田の非常識なお節介のせいだ。このまま放っとくわけにいかないと考えて、その日の夕食をすませてから、清美は一人で奥田のところに行ったのだった。

玄関で顔を合わせるなり、清美は昇が学校で起した騒ぎのことと、自分が教師に呼ばれたことを告げて、息子のことは放っといてくれと言った。

『耳にかみついてやって、鼻血も出させて、よかったじゃないか。息子をほめてやったのかい。よくやったって言って』

奥田はムスッとした顔でそう言った。

『ほめるわけないでしょう。叱りつけました。あたりまえじゃないですか。余計なことを子供にやらせないでください』

『親がそんなふうだから子供がいじめられるんだよ。子供だろうが大人だろうが、やられたらやり返す。それがあたりまえだ。そうしなきゃいいようにされるのがこの世の中さ。あんたも人にいいようにされてるくちじゃないのか。そんな顔だね。仕事は何やってる?』

『ゴルフ会員権の売買をやってる会社の電話係ですよ』

『客商売か?』

『そんなようなもんです。会員権を売る人を探して、欲しがってる人に取次ぐ電話を一日中かけてるんですから』

『生きてて楽しいって思うことなんか、あんまりないだろう。人にも世の中にも文句をつけたいことがいっぱいあるだろう。子供かかえて一人で生きてるんだから、面白くないことがないわけはないやな』

『何が言いたいんですか、奥田さんは?』

『いじめっ子にやり返して、耳かみついたぐらいがなんだ、鼻血がなんだって、相手の親にも教員にも言ってやれって言ってんだよ。親がいじけてるから子供がいじめられるんだ。息子が家出の真似事(まねごと)みたいなことをしたわけを考えたことがあるのか。そんな余裕もあんたにはなさそうだから、迷惑ついでに、雨に濡れてる野良の犬ころを拾ったつもりで、あんたの息子にろくでもない世の中で生きていくための心がまえを、ちょいと教えてやったんだよ。他にすることもない暇(ひま)な年寄りだからな』

　気がつくと清美はうなだれていた。何か言い返したいのに、何も言えなくなっていたのだ。それでそのまま玄関を出た。どうしてあの爺さんにそんな説教をされなきゃならないのだという気はしたけれども、さほどに腹は立ってこなかった。心の中の、膿(うみ)のたまった出来物のようなものを、容赦なく針で突(つつ)かれた気がして、その痛みが妙に心地よく思えたのだ。

　言われてみれば清美だって確かに、相手はいじめっ子なんだから、鼻血ぐらいがなんだ、耳にかみついたのがどうだというんだ、と言ってやりたい気持ちはあった。それを自分が言えないこともわかっていた。仕事だって面白くもなんともない。つっけんどんな応答をする客に、くそったれ、死んじまえと捨て科白を投げつけて、ガチャンと電話を切ってしまいたくなることが、毎日ある。しかもろくな金にはならない。食べていくのが精一杯だ。

世の中が明るく見えたのは二十代までだった。地方の高校を出て、名前を知られたブランドのアパレルメーカーで販売の仕事に就いて、二十七歳で職場結婚して、二十九で昇を産んで専業主婦になって、その四年後には亭主が外に女を作ったのが元で、すったもんだの末に離婚した。形ばかりの慰謝料はもぎ取れたけれども、約束した昇の養育費の送金は半年で途絶えて、元亭主は居所もわからなくなってる。会社はリストラされていた。昇を私設の託児所にあずけて働きに出るしかなかった。

ママ友にも職場で一緒に働いている女たちの中にも、気が合って心を許せる相手なんか一人もいない。心のゆとりのなさがいつも顔に出ていて、貧乏くさい雰囲気の女になっているのが自分でもわかるから、言い寄ってくる男が現われないのも無理はない、とあきらめてしまっている。

そんな惨めな人生を送っている自分に、生きていて楽しいと思えるようなことがあるわけないじゃないか。自殺する勇気はないけど、できることなら昇を放っぽって一人でどこかに行って、新しい道を探したいくらいだ。家出したいのはこっちのほうだ。人にも世の中にも、文句をつけたいことは山ほどある。それを口に出したって、何かが変わるわけじゃないから、黙って我慢してるだけだ——。

普段はなるべく隅っこに押しのけているつもりの心の中の出来物の膿が、奥田に突かれた針の穴からどろどろととめどもなく流れ出てきた。けれども気分は重くはならなかった。無力で運にも恵まれない自分の哀れさを、ケタケタと声をあげて笑っているような、妙な気楽さが生まれていた。ずけずけと物を言うあの爺さんの妙な毒気に当てられて、不思議な気合いを入れられたみたいだ、と清美は思ったのだった。

ただ一回の反撃で、いじめっ子たちは昇から手を引いた。奥田はそれを昇に確かめると、学校の前にやってくることもなくなった。昇もそれっきりで、頼りにしてなついていたはずの奥田に会いたがるようすはなかった。そうと昇に聞いた清美は、子供はたわいのないものだと思った。そして今度は、清美が奥田のところに出かけていくようになった。

学校でのいじめからは解放された昇も、家では変わらずに口数が少なくて、ふてくされているかと思うと、別のときは母親の機嫌の悪さ加減を探るような、いじけた上目遣いの眼を向けてくるのだった。それが清美の癇に障る。つい手をあげたくなる。あげてしまう。その後で、そんなことをした自分を責める。『息子が家出の真似事みたいなことをしたわけを考えたことがあるのか』と奥田に言われたことを思い出す。

鬱陶しく思えるのは、息子のことだけではない。通勤の電車で隣り合わせた男や女や、スーパーのレジ係の応対や、近所のどこかの家で吠えている犬の声などが、わけもなく清美の気に障る。世界が灰色に塗りつぶされて、いつも自分一人が薄暗い身動きのとれない穴ぼこに落ち込んでいる気分になる。それが高じてくるたびに、清美は新鮮な空気を求めるようなつもりで、奥田に会いに行っていたのだ。

いま、そういうときに交した奥田とのやりとりが、あれこれと脈絡もなく思い出されてくる。

『昇を見てるといらいらして、ひっぱたきたくなる。産まなきゃよかったとか思ったりして』

『重荷に思えて憎たらしいんだろう、息子が』

『でも、かわいいと思うときもあるのよねえ。でなきゃとっくにどこかに捨てちゃってたかもしれないな』

『自分が産んだ子供なんだから、ひっぱたきたくなったらひっぱたけばいいじゃないか。捨てたくなったら捨てるんだな。親子の情とか母性愛とかいったって、意外といい加減なもんさ。てめえが一杯一杯になって子供を虐待したり、殺しちまったりする親も珍しくはないぞ。そんなもんだよ、親子も』

『あたしも、これって虐待かもって思いながら、昇をひっぱたくことがしょっちゅうあるのよ。どうしても抑えがきかないの』

『いいじゃないか、別に。親の八つ当たりの的にされるのも子供の役目みたいなもんなんだから。そして今度は、大きくなった子供に親がぶっとばされる番が回ってくるんだよ。巡り合わせってやつだな。子供が親を殺しちまった事件だってあったじゃないか』

『もしいつか、あたしが大きくなった昇に殺されたりしたら、それって奥田さんのせいね。やられたらやり返せってあの子に教えたのは奥田さんなんだから』

『そのときはあんたも、包丁でもなんでも持って、殺すか殺されるかで向かっていくんだな』

清美が覚えている限りでは、奥田は酒が抜けているときはなかった。だからといって、酔っているようすに見えたことも一度もなかった。そのせいで、奥田の言っていることが本気なのか、アルコールが言わせる出まかせなのか、いつも清美にはつかめないのだった。それでも奥田の口からつぎつぎにとび出してくる無茶苦茶なことばが妙に小気味よく思えて、清美は気分が軽くなっていたのだ。

清美は酒が飲めないくちだった。あるときそのことを奥田に話して、お酒で気晴らしができる人が羨ましい、ともらしたことがあった。すると、それまではただの一度も酒を勧めたことのなかった奥田が、コップに注いだ日本酒を清美の前に置いて、しつこく飲めと迫ってきた。清美もかたくなにことわった。

『ビールをひとくち飲んだだけでも、すぐに心臓が苦しくなって頭がくらくらするのよ』

『どうなったって死にはしないさ。まかりまちがって死んだら、気晴らしも何もいらないんだから儲け物じゃないか。飲めよ』

『確実に死ぬんだったら飲むけど、死なないんだったら止めとく。昇がまだうんと小さいころに、旦那が女作って家の中がごたごたしてて、子供殺して自殺しちゃおうかなって思ったことが何度かあったのよ。いまでもどうかすると、死んじゃおうかしらって思うの』

奥田が自分の離婚のことをもらしたのは、そのときだった。訊かれるままに清美が夫に逃げられたいきさつを話したら、奥田は珍しくポロリと自分のことを言って、すぐにまた話を酒のことに戻したのだ。

『心臓がどうなろうが、頭がくらくらしようが、そんなことかまわないから死ぬ気で飲んでみろよ。うまくすれば望みどおりに死ねるかもしれないぞ。急性アルコールショックとかで死ぬ奴もいるんだから。死ねなくったって、意識がなくなって、眠りこんだままで糞も小便も垂れ流してぶったおれてみれば、一回自分が死んだような気になったり、自分の中の何かがぶっこわれたような気がしたりして、あとは案外いろんなことが楽になるかもしれないぞ』

『いやよ、そんなの。みっともないわよ』

清美はしかしそのときに、自分の何かがぶっこわれたら楽になりそうだと思ったことを、いまもはっきり覚えている。

『みっともなくていいじゃないか。元々からして人間はみんな、そんなに大層なもんじゃないぞ。面倒な人だな、あんたも。憐れだね。酒も飲めずに、なんだかしらないが何かに縛られて、なんだかしらないが何かを守ろうとして、必死こいて生きてるんだろう？　それでどうかすると死にたくなるってわけだ。どうせろくでもない世の中なんだから、好きにすればいいんだよ。でたらめが一番。そうでも思ってなきゃやってらんないぞ。何もかもがうまくいかなくて、いやなことばっかりで、幸せなんかどこにもないっていうのが元々の当たり前なんだから。幸せになれるのが当たり前って思うほうが大間違いなんだよ』

奥田はそんなことを言ってから、はじめてだしぬけに『やらせろよ、セックス』と言ったのだった。いま考えてみると、あれは奥田にとってはだしぬけではなくて、自分をぶっこわして好きなように生きてみろ、という言い分のつづきのつもりだったのかもしれない、と清美は思う。そうだとすると、あるとき自分がふと気まぐれを起して、爺さんに抱かれてやるかと思ったのも、人の世を毒突くいつもの奥田のことばの数々に、知らないうちに洗脳されてたということなのかと思えて、清美は笑い出したくなる。

その交わりも、かぞえれば両手の指に満たない数で終わっている。間近に寄せてくる奥田の酒くさい息や、たばこのやにくささや、老人の体のにおいがいやだと思ったのは、初めてのときの少しの間だけで、清美はそれもすぐに忘れた。

　奥田はいつも、ベッドの中でも嬉しそうな顔をするでもなく、淫らな冗談なんかを言うこともなく、苦虫（にがむし）をかみつぶしたような顔つきも、不愛想な口のきき方も変わらなかった。けれども、丁寧（ていねい）で丹念な愛撫と交接には、清美がおやと意外に思うほどの熱意と心くばりが感じられるのだった。シングルマザーの身になってからはじめての情事に、清美はわれを忘れる心地を味わった。清美も夢中になって、至れり尽くせりの愛撫を返した。それだけが目当てで奥田の部屋に行ったことも、清美は何回か覚えがある。

『セックスなんか長いこと忘れてたから、なんか全身の血が新しく入れ代わって、生き返ったみたいな気がする』

『忘れてたわけないだろう。セックスを我慢して、それでいらついて息子をひっぱたいてんじゃないのかね』

『それもあるかも』

『生き返った気がするのは若い証拠だ。年寄りは先がないから、これが最後のセックスになるのかな、なんて思うんだよ。冥土の旅の一里塚みたいにな』

初めてのときに、事を終えてベッドに並んで横になったままで交わした、そんなやりとりが思い出されてきて、こんなことになるのだったら、もっと沢山あの爺さんに抱かれてあげてればよかったな、と清美は思う。そしてまた笑い出しそうになる。自分も奥田とのセックスを愉しんでいたことは棚に上げて、ボランティアを務めてきたような気になっているのがおかしかったのだ。

奥田との間に体の関係が生じて、それで男女の情愛が芽生えたという思いは、清美にはなかった。奥田のようすにも、それを感じさせる変化の気配はまるでなかった。

奥田はいつも顔色が青黒くくすんでいて、体は枯木のように痩せ細っていたのだから、体調の異変は感じていたにちがいない。けれども当人がそれを口にするのを清美は聞いた覚えがないし、医者にかかっているようすもなかった。清美が見てきた限りでは、奥田はろくに物も食べずに、一日中部屋にこもって酒をちびちびやりながら、ひっきりなしにたばこを吸うという生活を送っているようすだった。

だから清美は、この爺さんは長生きは無理だろうと考えていたし、この偏屈者は生きているのがいやになって、酒とたばこでゆっくりとした自殺をめざしているのかもしれない、と思うこともよくあったのだ。それなのに清美は、栄養を摂れ、病院にかかれと奥田に勧めることは一度もしなかった。ただ黙って見ていた。それどころか、死ぬことを待ち望んでいるかのように見える奥田の姿に、清美は痛烈な共鳴のようなものさえ覚えていた。

そんな奥田だからこそ、その口から吐かれる毒気を含んだことばの数々に、自分は奇妙な慰めを感じたり、気が楽になったりして、すりきれた心がひと息ついたような気がしてたのだろう、と清美は思う。あらゆるものを否定して、自分の命さえ粗末に扱っている奥田の徹底したマイナス思考が、清美にはとても小気味よいものに思えたのだ。奥田が常識を大事にする穏やかな老人だったら、自分は近寄っていかなかっただろう、と清美は思う。

なぜなのかは、清美にもよくはわからない。けれども、奥田が持っていた毒気が、疲れはてた清美の心のカンフル剤のようなはたらきをしていたことは確かなのだ。だが、奥田は死んだ。カンフル剤はもう手に入らない。それは困るという思いが、奥田の死を知った途端の、いやだ、という反応を呼んだのだ、と清美はおくれて納得した。そんな身勝手なことを思ってしまったことに、後ろめたさを感じないではいられない。けれども清美には、奥田がどこかで『そんなもんだよ。人間なんてみんな身勝手なんだよ』と言って笑っているようにも思える。

アパートに帰りつくと、昇は学習机にかじりついたままでいた。まだマンガを読んでいるのかと思って清美がのぞいてみると、机の上には算数の教科書とノートがひろげられていた。

「宿題やってるんだよ」

昇は何かの言い訳でもするような口調で、顔も上げずに言った。清美はそれを聞き流しにして、マグカップにインスタントのコーヒーをいれ、食卓の椅子に腰をおろした。

　奥田がいた団地から電車の駅まで、結局は小一時間かけて歩いたせいで、脚が疲れていた。途中で何度か休みたくなったり、コーヒーを飲みたくなったりしたのだが、眼に止まった喫茶店はみんな素通りしてきた。いつもながらの、コーヒー代がもったいないというじましい節約心がはたらいたのと、中年女が一人で喫茶店に坐っている姿が、何か惨(みじ)めなものに思える気がしたからだった。

「いまはもう、学校でいじめられることはなくなってるの、昇？」

　コーヒーをひとくちすすってから、清美は口を開いた。奥田の死を昇に伝えるかどうか、清美の気持ちはなぜか曖昧(あいまい)に揺れていた。

「ない。大丈夫」

　昇は机に向かったままで、声を返してきた。

「奥田さんのおかげだね」

「うん」

「あのお爺さんのこと、憶(おぼ)えてる？」

「よく憶えてる。忘れるわけないよ」

「あのお爺さんねえ、十日ぐらい前に死んじゃったんだって」

「ええっ。なんで。どうしてわかったの？」

昇はおどろいた声をあげて、椅子の上で体ごと振り向いた。

「ちょっと用があって、あの町に行ってきたんだけど、ふっと奥田さんのことを思い出したから、どうしてるのかなあと思って、ついでにあの団地に寄ってきたんだよ」

清美はそう言って、団地の世話役の老女から聞いたことを、かいつまんで話した。

聞いている昇の眼には、すぐに色がさしてきて涙があふれはじめた。昇はあわてたように母親に背中を向けた。うなだれた昇の頭と肩が小刻みにふるえて、それが背中にまでひろがっていった。昇は嗚咽をかみころしていた。

そのようすに、清美は不意を衝かれた。昇の涙もろさには馴れているつもりでいたのだけれども、奥田の死にそこまでの悲しみを見せるとは、清美は思っていなかったのだ。

「そうだよねえ。悲しいよねえ。奥田さんはかわいそうだよねえ。誰にも知られずに一人で死んじゃってねえ。昇はあのお爺さんにいろいろ助けてもらって、なついてたときがあったんだもんねえ」

清美は昇のふるえている背中に眼を投げたままで、半分は独り言のつもりで言った。昇は何も言わない。やっぱりこの話は、昇には黙っていればよかった、と清美は思った。二人が会うことはなくなっていたけれども、昇はどこかで奥田のことを頼りのようにしていたのかもしれない。そのお爺さんが亡くなったと聞いて、昇は心の支えを失ったような気持ちになっているのだろう。それは自分が貴重なカンフル剤を失ったのと同じことではないか——そう考えているうちに、清美の胸にも、悲しみなのか、うら淋しさなのか、自分でもよくわからないものが滲（にじ）み出てきた。涙は生まれる寸前のところで止まっている——。

遺産

伸也の父親が急死したのは、一粒種の息子の、三十九回目の誕生日当日のことだった。二度目の脳溢血が命取りになったのだ。

最初に倒れたのは一年半前で、そのときは二カ月の入院ですんだ。左の腕と脚に生じた軽度の麻痺も、リハビリが功を奏して半年ほどで完全に消えて、その後は元気なようすで普通の生活に戻っていたのだ。それが二度目はあっさりと逝った。しかも、寝床を並べて寝ていた内縁の妻の純子が、朝起きてからはじめて異変に気づいたほどの、呆気ない最期だった。

うろたえた純子に呼ばれて目を覚ました伸也が、二階から降りていったときは、父親の禿げ上がった額も肉付きのいい頬も、すっかり血の気が失せて冷たくなっていた。伸也は布団をめくって、父親のパジャマの左の胸に手を当ててみたのだが、そこは静まり返ったままで、体にも腕にも硬直が起きていた。いくらか横に傾けた頭を枕にのせて、仰向けになっていた父親の顔は、伸也の眼にはうすら笑いを浮かべているようにも見えた。

その死に顔をはさんで坐っていた純子は、放心のようすで肩を落とし、涙で頬を濡らしていた。伸也はいくらかおどろきはしたものの、悲しみも落胆も湧いてはこなかった。胸にひろがってきたのは、やれやれと息をつくような思いだけだった。三田村栄治、平成二十四年四月十九日没、享年七十二——伸也はそんな独り言のような呟きを、頭の中でもらした。その途端に伸也はふと、その日が自分の誕生日だということに思い当たって、舌打ちしたい気分になったのだった。

たまたまの巡り合わせといえばそれまでのことだろうけど、なにも一人息子の誕生日に合わせて死ぬことはないじゃないか。これからは誕生日を迎えるたびに、その日が父親の祥月命日だってことを思い出すようになるかもしれないぞ。うんざりだな。勘弁してくれよ、まったく——伸也は天井を仰いで、胸でぼやいた。

伸也にとっては父親は長年の間、ただ疎ましいだけの存在だったのだ。

その父親が、伸也にとっては思いもよらないことだったが、息子への遺言状を残していたのだった。伸也はそのことを純子から聞いて、はじめて知った。葬儀をすませて、三日が過ぎた日の朝のことだった。

純子はその日から、忌引で休んでいた仕事に戻った。店に出る支度をすませた純子が、朝食のあとの食卓で新聞を読んでいた伸也の前に立って、どこかぎごちなく改まったようすで言ったのだ。

「お父さんの部屋の押入れの中の金庫に、あの人が伸也さんに言い遺そうと思ってたことを書いたものが入ってるらしいの。中身のことはあたしも知らないんだけど、万が一のときは伸也さんにそう伝えてくれって、前々からお父さんに言われてたのよ。早く言わなきゃいけなかったんだけど、伸也さんがそれを読むのは、あたしが留守のときのほうがいいような気がしてたのよね。それできょうまで黙ってたのよ。悪く思わないでね。これ、金庫のダイヤルの番号が書いてあるから……」

純子はどこか気後れしているような口ぶりでそう言うと、二つ折りになっているメモ用紙を食卓の端に置いて、急ぎ足で玄関に向かっていった。

仲也は面食らった。父親がどういうつもりで、そんな遺言状のような仰々しいものをわざわざ用意する気になったのか、仲也は見当がつかなかった。遺言といえば、財産の相続のことが主になるのが普通だろう。しかし仲也には、父親が大金を持っていたとはとても思えない。あるものといえば、本人の老後のためのいくらかの蓄えと、住まいにしていた築十五年の、ちっぽけな建売りの住まいと土地ぐらいではないのか。父親が金庫を持っていたという話も、仲也は初耳だったのだが、どうせ小さな手さげ金庫なのだろう、と思った。

おそらく遺言の中身は、父親が所有していたもののなにがしかを、内縁関係のままで長年一緒に暮らしてきた純子にも分けてやる、というようなことなのだろう、と仲也は見当をつけた。そうだとすれば、さっきの純子の妙に気後れしたような物の言い方も、なるほどとうなずける。純子はそういった父親の心づもりを、前から明かされていたのだろう。だから、仲也がその遺言状を読む場に居合わせるのは、純子としてはばつの悪いことに思えたに違いない——伸也の頭には、そんなことしか思い浮かばなかった。そしてその予測が当たっているのなら、父親の意向に異を唱えるつもりなど、伸也にはなかった。

いつもの朝と同じで、伸也は時間をかけて朝刊を丁寧に読み終えた。マグカップに少しだけ残っていた冷えたコーヒーも飲み干してから、伸也はいくらかわずらわしさを覚えながら、純子が置いていったメモ用紙を手に取って腰を上げた。

父親と純子が寝起きしていたその部屋に、伸也が足を踏み入れるのは、一年半前に二人と同居するようになってから、それが二回目のことになる。初回が父親の死んだ日の朝だった。

伸也はよそよそしい気分で障子を開けた。たばこ臭さがしみついている部屋は、きちんと片付けてあった。壁のフックに、父親が家の中で着ていたよれよれのグレイのカーディガンが、まだかけたままになっていた。金庫は押入れの下の段の端っこに寄せて、置かれていた。それは伸也の予想と違って、作りも大きさも、温泉旅館の客室などに備えてあるのと同じような、頑丈な金庫だった。それも伸也には意外だったのだが、厚味のある扉を開けたときは、彼は思わず眼を疑った。

上下二段に仕切られている金庫の上の段に、一万円札を輪ゴムで束ねたものが二列にして、むきだしのままで積み重ねてあったのだ。ざっと見ただけでも、二十束ほどはあると思える大金だった。札束の上には表書きのない白い封筒が、ポンと無造作に置かれたように、斜めになってのせてある。金庫の下の段には、何かもっこりとしたものが、コンビニのレジ袋に入れて置いてあった。その下に、茶色の書類封筒の端がのぞいていた。

伸也は最初に、札束の上の白い封筒を手に取った。封は開いたままにされていて、中には見覚えのある父親の字がつづられた、二枚の便箋が入っていた。跳ねまわっているような、ひどくたどたどしいボールペンの文字だった。

〈伸也に。おれもそろそろ年だ。いつどうなるかわからんから、これを書いとく。金庫のカネはおれのタンス貯金だ。いま一九〇〇万円になってる。もうたいして増えないと思う。銀行に入ってるおれのカネは二〇〇万ちょっとだ。おまえが純子と夫婦になればおれは安心して死ねる。純子もおれと同じ考えだ。それがだめならおまえには金庫のカネの半分をやる。残りのカネとこの家と土地は純子にゆずってくれ。よろしくたのむ。父より／平成二三年一月元日〉

伸也は呆れ返った。無茶苦茶だと思った。父親が遺言を書いていたと知らせてきたときの、純子が見せた気後れのようすが、別の意味であらためて合点がいった。内縁のままとはいえ、夫婦同然に長年暮らしてきた女を、自分の死後に息子と結婚させたいという父親の考えに、伸也は虚を衝かれた気はした。しかし、あまりびっくりはしなかった。その手のハチャメチャとしか言いようのない父親のアナーキーな洗礼を、伸也はすでに以前に受けていたのだ。

親父が親父なら、それと同じ考えでいるという純子も純子だと思って、伸也は一読するなり、遺言状を畳の上に放り出した。そして、金庫の中のレジ袋と書類封筒を取り出してみた。中身がなんとなく気になったのだ。レジ袋は、手にズシリとくる重さがあった。中から出てきたのは、使い古されたタオルでくるまれた一挺の拳銃だった。伸也は眉をひそめた。いまだに父親がそんな物騒なものを持っているとは、伸也は思ってもいなかったのだ。回転式の弾倉の六つの穴すべてに、弾丸がこめられていた。いったい親父はどういうつもりでこんなものを——伸也は太いため息をもらした。

書類封筒の中には、その家と土地の権利証と、二冊の銀行の預金通帳が入っていた。その一冊は純子名義のものだった。それをのぞき見ることは、伸也は遠慮した。書類封筒に入っていたものだけを元に戻すと、伸也は畳に手足を投げ出して、仰向けに寝ころがった。途方にくれた思いが迫ってきて、またため息がもれた。むきだしのままで放り出してある拳銃が、視界の端に映っている。伸也は眼を閉じた。

伸也の父親は、東京の八王子を根城にしていた、暴力団の組長だった。地元を仕切っている名を知られた組織の傍系の、そのまた傍流という小さな組を抱えていたのだ。伸也はそういう家で生まれ育っていた。

そのうちに、暴力団への警察の締め付けが強化された上に、景気も傾いて組の稼業が立ち行かなくなったとのことで、父親はきれいさっぱりとやくざの足を洗う、と言った。それからまもなくして、父親は純子と二人で八王子を離れ、いまの所沢の建売り住宅に移り住むと、車の運転代行業をはじめる一方で、純子には美容院を開かせた。それが十五年前のことになる。

そのころは伸也は大学も卒えていて、東京の板橋で独り暮らしをはじめていた。だが、父親が最初に脳溢血で倒れたときに、伸也は所沢に呼び寄せられて、父親のやっている運転代行業を引き継ぐことになった。気は進まなかったのだが、病気で倒れた父親の頼みとあっては、伸也は断われなかった。

それに、父親の家に同居すれば、アパート代が浮くというのも、伸也には損な話ではなかったのだ。大学を出て以来、伸也は一度も正社員の口にはありつけないで、契約社員や時給のアルバイトで食いつなぐ不安定な生活を重ねていたのだった。そんなその日暮らしのような境遇に、三十七歳になっていた伸也は疲れ果ててもいたのだ。

父親がどういう縁で所沢に住みつくことになったのか、伸也は知らない。父親からも純子からも何も聞かされていなかったし、こちらから訊いてみようという気にもならないままで終っていた。伸也が物心のついたころにはもう、父親の背中には雷神の彫り物が一面に入っていた。伸也は成長するにつれて、やくざ者の世界に生きている父親のことは、いつも頭の外に追いやってきた。

伸也には幼いときから、仲よしの遊び仲間がいなかった。それが父親の稼業のせいだとわかるようになったのは、小学校の高学年になってからのことだった。誰かにはっきりとそう言われたわけではなかった。クラスメートや教師たちの眼が、おまえはやくざ者の息子だから、と言っているのを伸也は少しずつ感じ取るようになったのだった。

それが伸也の心の枷になった。親しい友だちを求めようとする気持ちを、伸也は自分で抑えた。自分は暴力団の組長の息子だから、みんなはいじめようとはしないかわりに、輪の中に入ってこられるのはいやだ、と思っているのだろうと考えるようになった。輪の中にとびこんでいって、みんなを困らせてやろう、という気は起きなかった。

中学や高校のころは、非行に走っている生徒たちが、しつこく伸也に近づいてきた。その連中は伸也がやくざ者の息子だと知っていて、はじめから自分たちの仲間になるものと決めてかかっていた。伸也はそういう連中の輪にも入らなかった。気持ちが弱くてひっこみ思案の、グレていくことを恐れる、やくざ者の息子とは思えないような少年だったのだ。

父親にかわいがられていたとか、きつく叱られていたとかといった特別の記憶は、伸也にはない。いつもほったらかされていた覚えだけが残っている。その分、母親にはたっぷりとかわいがられた。父親の稼業のせいで、息子が外で肩身のせまい思いをしていることが、母親にはよくわかっていたのだろう。しっかり勉強して、いい大学に入って、大きな会社に就職すれば、八王子から出ていけるのだから、というのが母親の伸也に言い聞かせる口癖のようなものになっていた。

その母親は、伸也が高校に入ってすぐに、進行性の胃癌(いがん)であえなくこの世を去った。病室で医師に臨終を告げられたときは、伸也は全身から力が抜けていって、床に坐りこんでしまった。悲しみより先に心細さが襲ってきて、涙を流すことも忘れて呆然（ぼうぜん）となったのだった。父親は息を引き取った母親が横たわっているベッドの端に腰をおろして、うなだれたままポロポロと涙をこぼしていた。

母親が闘病生活に入るとすぐに、父親は杉浦という組員の母親を通いの家政婦として雇って、家事一切を任せた。その家政婦が解雇されて、ミユキという若い女がやってきたのは、母親が亡くなった年の秋の終りごろだった。伸也の眼には、ミユキの年齢は、二十代のようにも三十代のようにも見えた。

その女は家に現われたその日から、父親と同じ部屋で寝起きをはじめたので、彼女が家政婦ではないということは伸也にも呑みこめた。そうとわかったときは伸也は、母親が死んだときの父親のあの涙はいったいなんだったのだ、と思ったものだった。父親はミユキのことはなにひとつ、伸也には話さなかった。伸也もあえて問いただそうとは思わなかった。すべての事はなしくずしの内に運ばれていったのだった。

伸也が高校三年になった夏には、ミユキの姿が消えて、マサヨという女が入れ替わりで家に住みはじめた。仲也には、マサヨもミユキと同じくらいの年格好に見えた。二人の女はどちらもそれぞれに、仲也をやさしく大事に扱って、身の回りの世話もこまめにやいてくれた。仲也はしかし、ミユキともマサヨとも、素直にうちとけることはしなかった。父親の愛人になついたりすれば、死んだ母親が悲しむだろうという思いがあったのだ。それに仲也は、その二人の女を心の中で蔑（さげす）んでもいたのだった。

ミユキもマサヨも、ブラジャーとパンティーだけの格好で、マンションの住まいの中を平気でうろついたり、湯上がりの体にバスタオルを巻きつけた姿でリビングに現われたり、ということがよくあった。そんなところにでくわすたびに、仲也は眼のやり場に困ってどぎまぎさせられていたのだ。父親はその場に居合わせていても、息子の手前をはばかって女たちをたしなめようとはしなかった。むしろ、うろたえている息子のようすをおもしろがっているようにすら、仲也には見えた。

仲也の母親は、そんなしどけない姿を息子の眼にさらすようなことはなかった。

夜ふけに父親の部屋から、女の怪しげなあえぎ声や叫ぶような声がもれてくるということも、母親が生きていたときにはなかったことだった。高校生の息子の眼や耳を、まったく気にとめていないようすの、ミユキとマサヨのそうした振舞いを、黙って許している父親が、伸也は疎ましくも恨めしくも思えてならないのだった。ミユキとマサヨのことも、伸也は安っぽい女だと思っていた。

それでいながら伸也は、ミユキやマサヨの半裸の姿や、父親の部屋から聴こえてくる女のただならない声などを、無視することができなかった。否応（いやおう）なしに、そこに心が引き寄せられていくのだった。そしてそのたびに伸也は、はげしい自己嫌悪に苛（さいな）まれるのだから、なんとも始末が悪かった。

やがてマサヨもお払い箱にされたと見えて、三人目の純子が後釜にすわった。伸也が大学を卒業する少し前のころのことだった。当時は伸也には、純子が自分といくらも違わない年齢に見えた。実際は七歳の開きがあるのだとわかったのは、伸也が所沢で暮らすようになってからだった。

純子は前の二人の女とちがって、半裸の姿で家の中を動き回ったり、父親の寝室でおかしな声をあげたり、というようなことはしなかった。ミユキとマサヨは伸也のことを、最初から〝伸ちゃん〟と馴れなれしく呼んでいたのだけれども、純子は〝伸也さん〟で通していた。ただそれだけの違いから、伸也が何か、純子に一目置くような心持ちを抱いたのは確かだった。

大学は無事に卒業した伸也も、就職戦線では苦闘の連続を強いられた。狂乱のバブル景気がはじけた後、という巡り合わせが祟った。世の中にはリストラの嵐が吹き荒れている時代だった。ようやく取れたただひとつの、海運会社の採用内定も、一カ月後に取り消しと知らされた。理由は告げられなかったが、父親が暴力団の組長だからなのだ、と伸也は受け取った。大きな企業は興信所を使って、採用内定者の身辺調査をする、という話を耳にしたからだった。

就職試験で全滅を喫した伸也は、父親を憎み、あせりを抱いた。自立して八王子を出て行くという切なる念願は、ひとまず棚上げとするしかなかった。伸也がマーケティング会社の契約社員の口を見つけて、板橋の安アパートで独り暮らしをはじめたのは、大学を出た年の九月だった。そしてその二年後には、父親も八王子を捨てて、純子と所沢に移っていったわけだった。

スタートでつまずいた伸也の職業生活は、その後も迷走の連続となった。マーケティング会社では、連日の長時間の残業をこなして働いたのだが、雇用契約が更新されたのは一回だけで、あとは打ち切られた。それからは、ありとあらゆる職種の時給のバイトで食いつなぎながら、新しい契約社員や派遣社員の口を探す、といった暮らしになった。

食品会社、システム開発会社、不動産会社、物流会社、イベント制作会社、衣料メーカー、経済研究所、投資会社等々と、伸也は食い扶持(ぶち)を求めて渡り歩いた。正社員への道はどこも閉ざされていた。月収が二〇万円に届いたことは一度もなかった。その日暮らしの気分だった。

そんな中で、いつしか伸也の心には、漂流感のようなものが染みついていた。八王子を脱出した後も、伸也には親しい友人ができなかった。どこの職場でも腰かけの立場だった上に、元々からの心を閉ざしがちな性分も邪魔をして、人とうまく交わることができなかった。恋をしたことも三回はあるのだが、どれも実らずに終った。結婚して家庭を営み、子供を育てていくだけの経済的な基盤を築けずにいる男が、女の心をつなぎとめて恋を成就（じょうじゅ）させるのは難事と思えた。

伸也はまた、自分が一緒にいる女を楽しい気分にさせる質（たち）の男ではない、ということも承知していた。自分のことはさておいて、相手の気持ちを斟酌（しんしゃく）してばかりいれば、かえって鬱陶（うっとう）しく思われることだろう、という自覚も伸也にはあったのだ。それでも人と向き合えば、それが体を許し合った恋人であっても、伸也は自分を押し出していくということがどうしてもできないのだった。

漂流感の上にはさらに、無力感と空虚な気分も降り積もってきた。男盛りといわれる年にあって、生きていることが徒労と思えてならない。夢も希望も持つに持てない。性欲だけが生きている証（あかし）のように、意地汚くつきまとってくる。ときたまはなけなしの金をやりくりして風俗店に迷い込む。そこで出合う女たちはどことなく、やさしくはしてくれたけれども好感は持てなかったあの、ミユキとマサヨを思い出させる。そして、欲望の始末をつけたあとには、言いようのないうら淋しさと自己嫌悪の思いが、いつもきまって払いのけようもなく押し寄せてくるのだった。

そんな暮らしを重ねて十五年が過ぎた末に、伸也は父親が営んでいた運転代行業の代表人におさまることになったわけだった。父親が脳溢血を起したときは、伸也はガソリンスタンドで時給のバイトをしていたのだ。それを知った父親は、これでおまえも所沢にきて、やっと定職に就けるじゃないか、と言った。伸也は力なく笑った。笑うしかない気分だったのだ。

受け継いだのは、軽乗用車六台と、十一人の運転手で稼動している代行屋だった。運転手は全員が、必要に応じて呼び出されてくるアルバイトで、みんな近くに住んでいた。手が足りないときは、電話番を純子に任せて、父親も運転手として出ていたようだった。伸也が跡を引き継いだ当座は、そういうときは所沢の地理を呑み込んでいる純子が欠員を埋めた。

さほどに利益のあがる商売ではなかった。おまけに仕事は退屈だった。代行運転の依頼がくるのは、夜の間だけだった。貧乏性と、強迫観念のような勤労心が身に染みついていた伸也は、ホームセンターのバイトの口を見つけて、午後だけそこで働いた。空いている時間がもったいないと思ったのだ。商品管理の仕事だった。

二カ月で退院となった父親は、伸也に車を運転させて、熱心にリハビリに通いはじめた。そのくせに、医師に厳禁を言い渡されていた喫煙と飲酒は、最後まで止めようとはしなかった。入院中に止めていた分を取り戻さなきゃ、などとうそぶいて、毎日セブンスター三箱、日本酒三合を飲んでいた。隠居気分だとケラケラ笑って、リハビリから帰ってくると昼間から、冷や酒をちびちびとやりはじめるのだった。純子と伸也が止めさせようとしても、父親は耳を貸そうとしなかった。好きなものを我慢したからって、寿命が延びるとは限らねえよ。人間、死ぬときは死ぬ。やくざやってた若え時分(わけ)に、二度死にかけたことのある命だ。惜しかねえ——それが父親の、冗談とも本音ともつかない口癖だった。

『伸也。おめえ、女はいねえのかい？』

リハビリの帰りの車の中で、父親が唐突にそんなことを言ったのは、伸也が所沢で暮らしはじめて四カ月になろうか、といったころのことだった。伸也はありのままに、いないと答えた。父親はシートに体を埋めたままで、大きなため息をついてつづけた。

『おれも女はもうだめだ。三年ぐれえ前までは、バイアグラでなんとかなってたんだけどな。それも怪しくなってきやがったんで、それ飲んだ上に強精剤も片っ端から試して、七十まではなんとか持ちこたえてたんだよ。だけどおめえ、それ過ぎたらもう何を飲もうがどうしようが、ウンでもスンでもなくなっちまいやがった。相手を変えりゃあなんとかなるんじゃねえかってんで、ソープにも行ってみたんだけどよう。情けねえよな。中折れで終っちまいやがった』

『何を言い出すかと思ったら、そっちのことか。そんなこと、息子にする話じゃないだろう。父さん。止めてくれよ、まったく』

伸也は苦笑いを返した。ただのばか話なのだろうと思ったのだ。だが、父親はつづけた。

『息子だからおめえに言ってんだよ。そりゃな、おれはまあこの年だから、こんなもんかと思えば諦めもつくけどよ。純子はいくつだと思う。まだ四十四なんだぜ。昔から女は三十させごろ、四十しざかりっていうくらいのもんだ。純子はしたい盛りだってのに、もう一年以上やってねえんだぜ。かわいそうじゃねえか。そう思わねえか、おまえ』

『しょうがないじゃないか、そんなこと。そりゃ気の毒だとは思うけど……』

『だったら、どうだい、伸也。純子を抱いてやってくんねえか。純子は伸也さんなら抱かれてもいいって言ってんだよ。おれも息子になら貸してやんべえって気でいるんだから。おめえだって女に不自由してんだろうが。どうだい。いい話じゃねえか』

『どうだいじゃないよ、父さん。何をとんでもないこと言ってんだよ。冗談じゃないよ、ほんとに。いやだよ、おれは』

伸也は呆れて、助手席の父親を白い眼で見た。父親は平然とした顔をフロントガラスに向けていた。

『何がいやなんだ、おまえ。純子じゃ気に入らねえのかよ』

『だから、そういうことじゃなくて、親子の間で女を貸すだのなんだのって、無茶苦茶な話だっていうの。いい加減にしてくれよ』

『いいじゃねえか、無茶苦茶だって。何が悪いんだ。男と女のことはなんでもありでかまわねえんだよ。わかってねえな、おめえも。そんな石頭で生きてて、何かおもしれえことがあんのかい。いいから純子を抱いてやれって。純子もそうしたがってんだから』

父親は運転席の伸也の左の膝をポンポンと手で叩いた。伸也は何を言う気もしなくなって、口をつぐんだ。だが、その日から伸也は、純子とまともに眼を合わせることができなくなった。気のせいなのか、純子のほうも伸也の視線をさけているように見えた。

もっとも普段から、伸也と純子が顔を突き合わせている時間は、朝夕の食事のときぐらいのものだった。昼間は純子は自分の店に出ているし、夜は父親と一緒にリビングでテレビを見て過ごしていた。その間は伸也は二階の部屋にひっこんで、電話の子機で代行運転の依頼を受けていたのだ。それでも伸也は、父親にとんでもない話を聞かされてからは、階下に純子がいると思うだけで、気持ちがなんとなく落ち着かなくなってしまうのだった。

それまでの純子は、伸也の中では、父親のお気に入りのパートナーで、気性の明るい、常識もわきまえたしっかりした女、ということだけで納まっていた。心をかき乱されるようなことなどなかったのだ。それが、父親のあけすけな話のせいで、純子もあのミユキやマサヨと同類の女に豹変した気がしてならなかったのだ。

そして、事は起きた。父親にその話を持ちかけられた三週間ばかり後の、真夜中のことだった。すでに眠りの底に沈んでいた伸也の寝床の中に、純子が一糸まとわぬ姿で忍びこんできたのだ。伸也はパジャマの胸元を撫でまわされているのに気づいて、ぼんやりと目を覚ました。首すじに生温かいはずむような息がかかってくることにも、すぐに気がついた。あわてて起き上がろうとした伸也に、純子が全身でしがみついてきた。

『お願い。あたしに恥をかかせないで。思い切ってきたんだから。あたしのこと、お父さんから聞いたでしょう。仲也さんが欲しいの。抱いて……』

仲也の肩口に顔を埋めたままで、純子がささやいた。明りは仲也が寝るときに消したままだった。カーテンを引いたベランダのガラス戸が、月明りでほのかに明るんでいた。仲也の左半身は、純子のやわらかい体の感触で埋めつくされていた。体の横に投げ出していた仲也の左手の甲に、純子の陰毛のしげみが触れていた。仲也は口がきけなかった。心臓が早鐘を打っていた。動転と、油に火がついたような勢いで燃えあがってくる欲望が、呆気なく分別を押し流していた。

仲也は腕を回して純子を抱き締めた。夢中でしたことだった。裸の背中が手に触れた。それで仲也は、純子が何も身に着けていないことを知った。その途端に仲也は不意に、胸を締めつけられるような差し迫った思いに駆られて、純子の唇を吸った。咬みつくようなキスだった。純子も舌を伸ばしてきて、それに応えた。

仲也は、いつ自分がパジャマとトランクスを脱いだのだったか、まるで覚えがない。純子が『仲也さんのこと好きよ。ずっと前から好きだったの』と、息をはずませて言ったのは覚えている。でも、それがキスの途中のことだったのか、その後だったのかは思い出せない。はっきりしているのは、伸也自身が最後まで、一言のことばも発しなかったことだけなのだ。

伸也は純子の乳房の手ざわりに酔った。彼女の脇腹や尻や内股の、やわらかい肉の手応えに、濡れそぼつ割れ目をまさぐる悦びに、指で探った膣の内部の熱さに、伸也は気持ちをうばわれた。ペニスを愛撫する純子の手の淫らなやさしさに、伸也はわれを忘れた。伸也のただひたすらな指や舌や唇の動きに、純子は何度も上体をのけぞらせ、腰をゆすって押し殺したあえぎ声をもらした。そのようすにも、伸也は心を強く引きつけられた。

その夜二人は、三回交わった。歓喜の余韻がそのまま、つぎの情欲の誘い水を呼び込んできた。明りを消した部屋の暗がりも、伸也がわれに返って分別を取り戻すのを妨げる上で、大きく一役買っていた。二度目にとりかかる前に、純子がはじめて伸也のペニスを口に含んだ。替わって伸也も純子の内股に顔を埋めた。

ようやくすべてが終わると、純子は寝床の足元に脱ぎ捨ててあったパンティーとパジャマを身に着けて、まだ裸のままで横たわっていた伸也に、トランクスだけをはかせると、その上から疲れ果てているペニスに軽く唇を当てた。それから純子はさらに、敷布団に膝を突いてかがみこんで、伸也に唇を重ねてきた。静かな長いキスになった。そして純子は何も言わずに部屋を出て、階段を小さくきしませながら下に降りていった。伸也はその音を、眼を閉じたままで耳で追っていた。

　熱狂が去って自分を取り戻した伸也の頭に、父親の顔が浮かんできた。ひどいことになったと思った。後悔もした。いろいろな考えが浮かんでは消えていった。その渦の中で、伸也はいつしか眠りに落ちた。

　つぎの朝に、朝食の食卓で顔を合わせた父親が、何も言わずに伸也の背中を拳(こぶし)で小突いて、ニヤリと笑った。息子をからかっているようなようすに見えた。純子は何事もなかったかのように、いつもの朝と変わらない態度を通していた。そんな二人の前で、自分がどんな顔をすればいいのかわからずに、伸也は仏頂面(ぶっちょうづら)をつづけているしかなかった。

純子がひとつ屋根の下で伸也と寝たことを、父親がいちはやく知ったことは明らかだった。しかし父親がそのことで、伸也に何か言ったり訊いたりすることは、ただの一度もなかった。そのせいで伸也の気持ちがいくらか軽くなっていたことは否（いな）めない。またそのせいで、伸也の神経がいくらか図太くもなって、後悔の思いが薄められていたのも確かなことだった。

事は一度では終らなかった。父親が亡くなるまでの、その後の一年余りの間に、純子が夜中に伸也の寝床に入ってくるということが四回あった。そのたびに伸也のほうもためらいや後ろめたさをかなぐり捨てて、純子の体をむさぼった。毒食らわば皿まで、といった気持ちに伸也はなっていたのだ。

それでも伸也は、息子に抱かれたときのようすや気分を、父親が事細かく純子に語らせながら、彼女の体をまさぐるのを愉しみとしているのだ、と純子に聞かされたときは、さすがにたじろぎを覚えた。純子とのそのときのようすを父親にのぞかれているような気がしただけではなくて、何かひどく醜悪なものが家の中にこもっている気がしたのだった。

伸也には、純子を息子に抱かせている父親と、平然とそれに従っている純子の心のありようが測れなかった。同じように、気の咎めを覚えながらも、純子との情交のときを心待ちにしている自分自身の心情も、伸也には理解できずにいたのだ。そしていま、父親は息子に、純子との結婚をすすめる遺言を残して世を去り、その家には伸也と純子の二人だけの時間が流れはじめているわけだった。

伸也は畳から起き上がってあぐらをかくと、またしても思わず知らずのうちに、深い吐息をもらした。

眼がひとりでに、開いたままの金庫の中の、一九〇〇万円はあるという札束に投げられていく。輪ゴムで束ねられている一万円札は、古い紙幣ばかりのようだった。しがない運転代行業をはじめて十五年ばかりという父親が、どうやってそれだけのタンス貯金が残せたのか、伸也には首をひねりたいところもある。まさか拳銃を使って手に入れた、汚れた金じゃあるまいな、と伸也は思う。父親は倹約家とは程遠い生活を送っていたのだ。住まいこそありふれた建売り住宅だったが、乗っている車はセルシオで、外出のときはいい物を身につけていた。

それやこれやと、気がかりなことばかりが伸也の目の前にあって、心を決めろと言っている。純子は仕事から帰ってきたら、父親の遺言についての伸也の考えを訊くだろう。純子が遺言の内容をすでに知っているということは、十分に考えられる。彼女は金庫のダイヤルの番号を書きとめたメモを持っていたのだし、遺言の封筒には封はされていなかったのだから。けれども伸也は、純子にどういう返事をするか、考えはそれほど簡単には決まりそうもない。

確かに純子とはすでに、体の関係がある。そのためなのか、いまでは伸也はある種のそこはかとない情愛のようなものすら純子に抱いてはいる。だが、純子と夫婦になることには、伸也はやはり強いためらいを覚えずにはいられない。なんといっても相手は父親と妻同然に暮らしてきた女なのだ。このまま自分が純子と夫婦になって所沢で暮らすのは、いかにも世間体が悪いじゃないか。純子の年齢を考えれば、子供を産むこともまず望めないだろう。父親の遺言に従って、純子と夫婦になれば、確かにこの先は暮らしの心配はないし、性欲も満たされていくだろう。だからといって、いいことずくめじゃないかという気には、伸也はなれないのだ。この話には、何か大切なものが抜け落ちている、と思えてならないのだった。

伸也は途方にくれた思いで、横に放り出してあった父親の遺言状を封筒に戻して、金庫の中の札束の上に置いた。それから、畳の上にむきだしのままでころがっている拳銃を、手に取って眺めた。なめらかな木製の握りの部分は、ほのかな木の温もりが感じられたが、指先で撫でてみた弾倉や短い銃身は、しみ入ってくるように冷たかった。銃身の左の側面には、ＳＭＩＴＨ＆ＷＥＳＳＯＮという文字が、小さく刻印されていた。

父親は元は暴力団に属していた人間なのだ。拳銃を持っていても、それほど不思議じゃない。でも、やくざの足を洗って八王子を後にするときに、そんな物騒なものをどうして処分しなかったのだろうか。持っている必要が何かあったのか。それとも、そのうちに始末しようと思っているうちに延びのびになって、十五年が過ぎていったということなのか。あるいは、長かったやくざ暮らしの思い出の品といったつもりで、拳銃一挺を後生大事にとっておいたのか——仲也は測りかねた。はっきりしているのは、家にそのまま拳銃なんかを置いておくわけにはいかない、ということだけだった。

どこかの川にこっそり捨てるか、山の中にでも埋めてしまうしかないだろうと考えながら、仲也は腕をまっすぐに伸ばして、拳銃を前に突き出し、引鉄(ひきがね)に指をかけてみた。するとどこからともなくふわりと、拳銃と一緒におれの命も捨てちまおうか、という思いが浮き出てきたのだった。

それで何やら調子づいたような気分になった仲也は、銃口をこめかみに当てて、ズドンと声に出して言ってみた。つぎには銃口を口にくわえてみた。冷たさと金気の錆(さび)っぽい味が、唇と舌の上にひろがった。仲也は眼を閉じて、今度は頭の中でズドンと言った。このままでいま撃鉄を下ろして引鉄を引けば、自分の過去と未来の一切が瞬時のうちに確実に消滅して無に帰すのだ、と仲也は思った。なかなかそれは魅惑的なことじゃないか、とも思った。

銃身を口から抜き取ると、伸也は立ち上がった。押入れの上の段には、父親が使っていた夜具が、純子の夜具と重ねてしまってあった。伸也は実際に拳銃を撃ってみたくなっていた。それが、単なる好奇心からなのか、自殺のための拳銃のリハーサルのつもりなのか、伸也自身にもはっきりしないところがあった。父親が使っていたものと思われる、いちばん下になっていた敷布団を取り出すと、伸也は二つ折りにしてあったそれを金庫の上に置いた。そうやって銃口を布団に押し当てて拳銃を発射すれば、音もある程度は殺せるだろうし、布団を貫通した弾丸は金庫の天井で止まるだろう、というもくろみだった。

いくらかは恐いような、またいくらかは魅入られたような心持ちで、伸也は立ったままの姿勢で布団に銃口を垂直に押し当て、深く息を吸ってから撃鉄を起こし、また息を吸って引鉄を引いた。だが、弾丸は発射されなかった。伸也は妙にがっかりした気分で、拳銃を手元に戻してよく見てみた。引鉄が途中でひっかかって止まったような、引き代（しろ）がずいぶん少なかったような気がしたことを思い出した。そう思ってみると、撃鉄の起こし方もなんだか中途半端な気がした。拳銃は故障を起しているのかもしれないと、がっかりした気分で撃鉄をさらに押し下げてみると、それがさらにもう一段階下りた。同時に弾倉がゆっくりと回転して、キリキリというような乾いた小さな音を立てた。

今度は大丈夫だろうと思って、伸也は両手で持った拳銃の銃口を布団に当てて、息を吸い込み、引鉄を引いた。パンという変に頼りない発射音がひびいて、手に跳ねるような衝撃が伝わってきた。銃口をはずすと、布団の弾痕から薄い煙が出て、むきだしになった綿がちりちりと燃えていた。布団を取り除いてみると、弾丸は金庫の天井に小さなくぼみをつけて、先端が少しつぶれた形になって布団の射出口に残っていた。

それを確かめた伸也は、心が軽くなるのを覚えた。かつて味わったことのない、不思議な解放感がそこにはあった。伸也はキッチンに行って薬缶（やかん）に水を汲み、父親の部屋に戻って、くすぶっている布団の弾痕にたっぷりと水を注いだ。他の布団を押入れに戻し、拳銃は残したままで、金庫を閉めた。それから、まだ銃身に熱を残している拳銃を古タオルに包み、コンビニのレジ袋に入れて二階に持って